梁刚◎编著

当代世界出版社

图书在版编目（CIP）数据

笑出个名堂 / 梁刚编著. -- 北京 : 当代世界出版社, 2014.4
ISBN 978-7-5090-0957-4

Ⅰ. ①笑… Ⅱ. ①梁… Ⅲ. ①笑话—作品集—中国—当代 Ⅳ. ①I277.8

中国版本图书馆CIP数据核字（2013）第298650号

书　　名：	笑出个名堂
出版发行：	当代世界出版社
地　　址：	北京市复兴路4号（100860）
网　　址：	http://www.worldpress.org.cn
编务电话：	（010）83907332
发行电话：	（010）83908409
	（010）83908455
	（010）83908377
	（010）83908423（邮购）
	（010）83908410（传真）
经　　销：	新华书店
印　　刷：	三河市祥达印装厂
开　　本：	730mm×960mm　1/16
印　　张：	14
字　　数：	100千字
版　　次：	2014年4月第一版
印　　次：	2014年4月第一次
书　　号：	ISBN 978-7-5090-0957-4
定　　价：	19.80元

如发现印装质量问题，请与承印厂联系调换。
版权所有，翻印必究；未经许可，不得转载！

目 录
Contents

乌鸦嘴比乌鸦更令人讨厌 / 001

牙医靠什么吃饭，嘴啊 / 005

正在看本书的人脑筋都会急转弯 / 009

什么伤了不能贴膏药？脑筋呗 / 013

无厘头的脑筋急转弯 / 017

换个角度思考就会柳暗花明 / 021

没有常识，脑筋都转不了弯 / 025

逗你乐的脑筋急转弯 / 029

脑筋转转转，没有想不到 / 033

为什么人们要到市场上去？——打破常规思考问题 / 036

离婚的起因是什么——结婚 / 040

有意思的脑筋急转弯 / 044

为什么青蛙可以跳得比树高？——试试逆向思维 / 048

你会脑筋急转弯吗 / 052

不开心的时候一起来看的脑筋急转弯 / 056

早晨醒来，每个人都会去做的第一件事是什么？ / 060

别让惯性思维束缚你的头脑 / 064

看了不许笑，我是脑筋急转弯 / 068

脑筋急转弯，有时顺有时逆，捉摸不透才有魅力 / 071

让你喷饭的问答笑话 / 074

那些有趣的转弯题 / 077

怎样能让家里瞬间变干净——闭上眼睛 / 080

什么虎会吓人但并不吃人？——壁虎 / 084

那些不用转弯的脑筋急转弯 / 087

有些事儿不能深琢磨 / 091

得了狂犬病，你第一件事要做什么？好好想想吧 / 094

有些脑筋急转弯不要太往心里去 / 098

不得不承认人和人是有区别的 / 102

有些脑筋急转弯是歪解，千万别都当真 / 106

好吧好吧，谁让你是急转弯呢 / 110

不看不知道，诛灭九族原来是这个原因啊 / 114

出其不意的那些急转弯 / 118

脑筋急转弯，一切皆有可能 / 122

伟大的汉语让题目更加扑朔迷离 / 125

好马不吃回头草，只因后面没有草 / 129

博君一乐的小题目 / 133

一听而过的脑筋急转弯 / 137

左右眼同时跳有新解了 / 141

谜一样的脑筋急转弯 / 144

一点儿没想到这脑筋就转不过弯来 / 148

汉语的博大精深 / 152

一个人走在太阳下面,可能没有影子吗 / 156

会不会和聪明没关系,和心眼也没关系 / 159

知道为什么母鸡的腿短吗?真是颠覆啊 / 162

那些无厘头的弯弯绕 / 166

什么东西越长越细越难过,越短越粗越好过 / 169

偷什么东西不犯法——这有答案吗 / 173

为什么杀人要被判刑,杀蟑螂却不用 / 176

别忘了我们是脑筋急转弯 / 180

包公的脸为什么是黑的?——回答的那叫一个绝 / 184

糖罐子里为什么会爬蚂蚁?看看你猜对了吗 / 188

那些有意思的题目 / 192

什么数字最听话呢 / 196

让人抓狂的急转弯 / 200

兔子的眼睛为什么是红的 / 203

无厘头的脑筋急转弯 / 206

为什么大家都喜欢坐着看电影? / 209

陷阱多多的脑筋急转弯 / 212

为什么白鹭总是缩着一只脚睡觉 / 215

乌鸦嘴比乌鸦更令人讨厌

题目：什么东西比乌鸦更讨厌？
答案：乌鸦嘴。

题目：如果你有一只下金蛋的母鸡，你该怎么办？
答案：不要再做梦了。

题目：一架飞机坐满了人，从万米高空落下坠毁，为什么却一个伤者也没有？
答案：没有伤者，都摔死了。

题目：要想使梦成为现实，我们要做的第一件事是什么？

答案：醒来。

题目：什么样的路不能走？

答案：电路。

题目：小波比的一举一动都离不开绳子，为什么？

答案：小波比是木偶。

题目：小王是一名优秀士兵，一天他在站岗值勤时，明明看到有敌人悄悄向他摸过来，为什么他却睁一只眼闭一只眼？

答案：因为他正在瞄准。

题目：两只狗赛跑，甲狗跑得快，乙狗跑得慢，跑到终点时，哪只狗出汗多？

答案：狗不会出汗。

题目：有种动物，大小像只猫，长相又像虎，这是什么动物？

答案：小老虎。

题目：世界上什么东西比天更高？

答案：心，因为心比天高。

题目：什么贵重的东西最容易不翼而飞？

答案：人造卫星。

题目：三个金叫鑫，三个水叫淼，三个人叫众，那么三个鬼应该叫什么？

答案：叫救命。

题目：胖妞生病时，最怕别人来探病时说什么？

答案：多保重身体。

题目：睡美人最怕的是什么？

答案：失眠。

题目：小明对小华说："我可以坐在一个你永远也坐不到的地方！"他坐在哪里？

答案：小华的身上。

题目：不管长得多像的双胞胎，都会有人分得出来，这人是谁？
答案：他们自己。

题目：世界上除了火车啥车最长？
答案：塞车。

题目：有一个人一年才上一天班又不怕被解雇，他是谁？
答案：圣诞老人。

题目：哪项比赛是往后跑的？
答案：拔河。

题目：你的爸爸的妹妹的堂弟的表哥的爸爸与你叔叔的儿子的嫂子是什么关系？
答案：亲戚关系。

> 牙医靠什么吃饭,嘴啊

题目:牙医靠什么吃饭?
答案:嘴巴。

题目:明明是个近视眼,也是个出名的馋小子,在他面前放一堆书,书后放一个苹果,你说他会先看什么?
答案:什么都看不见。

题目:一个不会游泳的人掉进了水里却没有被淹死,为什么?
答案:他穿着救生衣。

题目：用什么可以解开所有的谜？

答案：谜底。

题目：楚楚的生日在3月30日，请问是哪年的3月30日？

答案：每年的3月30日。

题目：哪儿的海不产鱼？

答案：辞海。

题目：迄今为止，你所见到的最大的影子是什么？

答案：黑夜，那是地球的影子。

题目：有一块天然黑色大理石，在九月七号这一天，把它扔到钱塘江里会有什么现象发生？

答案：沉到江底。

题目：冰变成水最快的方法是什么？

答案：去掉冰字那两个点。

题目：有一个人，他是你父母生的，但他却不是你的兄弟姐妹，他是谁？

答案：你自己。

题目：什么东西在倒立之后会增加一半？

答案：数字6。

题目：纸上写着某一份命令。但是，看懂此文字的人，却不会宣读命令。那么，纸上写的是什么呢？

答案：纸上写着：不要念出此文。

题目：一架空调器从楼上掉下来会变成啥器？

答案：凶器。

题目：为什么现代人越来越言而无信？

答案：打电话当然比写信方便。

题目：两个人住在一个胡同里，只隔几步路，他们同在一个工厂上班，但每天出门上班，却总是一个向左，一个向右，为什么？

答案：他们住对门。

题目：网在什么时候可以提水？

答案：当水变成冰时，就可以用网提。

题目：全世界死亡率最高的地方在哪里？

答案：在床上。

题目：你能做、我能做、大家都能做，一个人能做、两个人不能一起做。这是什么？

答案：做梦。

题目：时钟什么时候不会走？

答案：时钟本来就不会走。

题目：3个孩子吃3块饼要用3分钟，90个孩子吃90块饼要用多少时间？

答案：也是3分钟，90个孩子同时吃。

正在看本书的人脑筋都会急转弯

题目：什么样的轮子只转不走？
答案：风车的轮子。

题目：世界上什么东西每天走的距离最远？
答案：地球。

题目：铁放到外面要生锈，那金子呢？
答案：会被偷走。

题目：在什么时候1+2不等于3？

答案：算错了的时候。

题目：小明家住在五楼，可是电梯坏了，他自己也没有走楼梯，他却上了五楼回到了家里，这可能吗？

答案：可能，妈妈背着他上的楼。

题目：阿明被蚊子叮了一大一小两个包，请问较大的包，是公蚊子叮的还是母蚊子叮的？

答案：公蚊子是不叮人的。

题目：在一间房子里，有油灯、暖炉及壁炉。现在，想要将三个器具点燃，可是你只有一根火柴，请问首先应该点哪个？

答案：火柴。

题目：一间牢房中关了两名犯人，其中一个因偷窃，要关一年，另一个是杀人犯，却只关了两个星期，为什么？

答案：因为杀人犯要拉去枪毙。

题目：两个人分五个苹果，怎么分最公平？
答案：榨成果汁。

题目：小张开车，不小心撞上电线杆发生了车祸，警察到达时车上有个死人，小张说这与他无关，警察也相信了，为什么？

答案：小张开的是灵车。

题目：一只凶猛的饿猫，看到老鼠，为何拔腿就跑？

答案：跑去追老鼠。

题目：动物园中，大象鼻子最长，鼻子第二长的是什么？

答案：小象。

题目：一个人在沙滩上行走，回头为什么看不见自己的脚印？

答案：他是倒着走的。

题目：什么动物你打死了它，却流了你的血？

答案：蚊子。

题目：两对父子去买帽子，一人一顶，为什么只买了三顶？

答案：三代人。

题目：在一次监考非常严的考试中，有两个学生交了一模一样的考卷。主考官发现后，却并没有认为他们作弊，这是什么原因？

答案：两张考卷都是白卷。

题目：张大妈整天说个不停，可有一个月她说话最少，那是哪个月？

答案：二月份。

题目：有一种地方专门教坏人，但没有一个警察对它采取行动加以扫荡。这是什么地方？

答案：看守所。

什么伤了不能贴膏药？脑筋呗

♥

题目：报纸上登的消息不一定百分之百是真的，但什么消息绝对假不了？

答案：报纸上的年、月、日。

♥

题目：别人跟阿丹说她的衣服没系衣扣，她却不在乎，为什么？

答案：因为她的衣服只有拉链没有扣子。

♥

题目：小刘是个很普通的人，为什么竟然能一连十几个小时不眨眼？

答案：睡觉的时候。

♥

题目：一年四季都盛开的花是什么花?

答案：塑料花。

♥

题目：什么英文字母很多人都喜欢听?

答案：CD。

♥

题目：什么字全世界通用?

答案：阿拉伯数字。

♥

题目：哥哥买了3袋米，弟弟买了2袋米，回家后他们把米放在1只大袋里，现在他们有几袋米?

答案：1袋米。

♥

题目：80厘米长的红螃蟹和30厘米长的黑螃蟹赛跑，谁会赢?

答案：黑螃蟹。因为红螃蟹是煮熟的。

♥

题目：什么人最喜欢别人让他滚?

答案：监狱里的人。

♥

题目：大象的长鼻子是怎么长成的？

答案：出生时就有。

题目：一只毛毛虫（八只脚）走上一堆牛粪，下地以后却发现只有六个脚印，为什么？

答案：牛粪很臭，两只脚捏鼻子了。

题目：有一座桥只能承重70公斤，一个人重65公斤，他要带两个分别重2.6公斤的球过桥，没借用任何东西就从桥上把两个球带了过去，他是怎么过去的？

答案：抛起一个球，待它要落下的时候把另一个抛起。

题目：什么筋伤了不能贴膏药？

答案：脑筋。

题目：什么地方盛产安哥拉兔毛？

答案：安哥拉兔身上。

♥

题目：为什么金鱼看上去老是傻乎乎的？

答案：它脑袋里进水了。

♥

题目：什么人从来不洗头发？

答案：和尚。

♥

题目：有10只小蚂蚁，每只小蚂蚁都说它身后还有1只小蚂蚁，为什么？

答案：它们站成了一个圆圈。

♥

题目：老师说："我们的身体里有206块骨头。"可是，小明却说他身体里有207块骨头，这是为什么？

答案：因为小明不小心吃下了一块鱼骨头。

♥

题目：一个人一年中哪一天睡觉的时间最长？

答案：一年中的最后一天，因为他跨越到了第二年。

无厘头的脑筋急转弯

题目：什么东西越剪越大？

答案：洞。

题目：你知道为什么鱼只生活在水里，而不生活在陆地上吗？

答案：陆地上有猫。

题目：有两枚硬币，是五角五分，其中一个不是五角，那是哪两个硬币？

答案：就是五角和五分，五角当然不是五分。

题目：你知道稀饭贵还是烧饼贵？

答案：稀饭。物以稀为贵。

题目：什么时候是摘苹果的最好时机？
答案：苹果熟了的时候。

题目：小明每天都吃一个师傅，他是怪兽吗？
答案：吃康师傅嘛。

题目：两个人去露营，晚上睡在帐篷里。不久，其中一个人醒来叫醒另一人，问："你看到天上的星星会想到什么？"
答案：帐篷被人偷走了。

题目：什么路人们最不敢走？
答案：绝路。

题目：什么人敢在皇帝的头上胡作非为？
答案：理发师。

题目：一个挖好的长6米、宽7米、高8米的坑里有多少土？
答案：已经挖好，所以没有土。

题目：马在哪里不需要腿也能走?

答案：象棋盘上。

题目：美国总统是怎么进白宫的?

答案：从大门进去的。

题目：我们都知道把一只大象放进冰箱里分三步：1.把冰箱门打开；2.把大象放进去；3.把冰箱门关上。那么，请问把长颈鹿放进冰箱里分几步?

答案：四步：1.把冰箱门打开；2.把大象拿出来；3.把长颈鹿放进去；4.把冰箱门关上。

题目：什么样的钉子最可怕?

答案：眼中钉。

题目：杰克跑得最快，为什么他的长官还要批评他?

答案：杰克在逃跑。

题目：一个人，他感觉地球在转动，为什么?

答案：他喝醉酒了。

题目：哪座桥不能开车也不能走人？

答案：郑板桥。

题目：有人说吃鱼可避免患近视眼，为什么？

答案：你看过猫戴眼镜吗？

题目：一双鞋卖16元，一只鞋卖多少钱？

答案：鞋不单卖。

题目：地上掉了一张5元的和一张50元的钞票，你看见了会捡哪一张？

答案：两张都捡。

换个角度思考就会柳暗花明

 题目：有一根棍子，要使它变短，但不许锯断、折断或削短，该怎么办？

答案：拿一根比它长的。

 题目：小王走路从来脚不沾地，这是为什么？

答案：因为穿着鞋子。

 题目：什么时候开口说话要付钱？

答案：打电话。

题目：盖楼要从第几层开始盖？

答案：从地基开始。

题目：为什么大雁秋天要飞到南方去？

答案：如果走，那太慢了。

题目：什么门永远关不上？

答案：球门。

题目：有一位老太太上了公交车，为什么没人让座？

答案：车上有空位。

题目：小王一边刷牙，一边悠闲地吹着口哨，他是怎么做到的？

答案：刷假牙。

题目：制造日期与有效日期是同一天的产品是什么？

答案：日报。

题目：为什么有家医院从不给人看病？

答案：兽医院。

题目：有一头头朝北的牛，它向右原地转三圈，然后又向后原地转了三圈，接着再往右转，这时候它的尾巴朝哪儿?
答案：朝下。

题目：一对健康的夫妇，为什么会生出没有眼睛的婴儿?
答案：鸡生蛋。

题目：狐狸精最擅长迷惑男人，那么什么"精"男女一起迷?
答案：酒精。

题目：胖胖是个颇有名气的跳水运动员，可是有一天，他站在跳台上，却不敢往下跳。这是为什么?
答案：下面没有水。

题目：哪一颗牙最后长出来?
答案：假牙。

题目：为什么两只老虎打架，非要拼个你死我活?

答案：因为没有人敢去劝架。

🌀 题目：小红与妈妈在同一个班里上课，这是为什么？

答案：一个是学生，一个是老师。

🌀 题目：为什么游泳比赛中青蛙输给了狗？

答案：青蛙用蛙泳犯规。

🌀 题目：读完"北京大学"需要多长时间？

答案：一秒钟足够。

🌀 题目：小明总是喜欢把家里的闹钟弄坏，妈妈为什么总是让不会修理钟表的爸爸代为修理？

答案：因为爸爸在修理小明。

没有常识,脑筋都转不了弯

题目:黑人和白人生下的婴儿,牙齿是什么颜色?
答案:婴儿没有牙。

题目:在罗马数字中,零该怎么写?
答案:罗马数字没有零。

题目:你能否用3根筷子搭起一个比3大比4小的数?
答案:搭成圆周率π。

题目:沙沙声称自己是辨别母鸡年龄的专家,其绝招是用牙齿,

为什么?

答案:把鸡吃了来辨别母鸡的年龄。

题目:数字0到1之间加一个什么号,才能使这个数比0大,而比1小呢?

答案:加个.成为0.1。

题目:什么东西说父亲不会相碰,说爸爸时却会碰到两次?

答案:上嘴唇和下嘴唇。

题目:一张四方形的桌子锯掉一个角,还有几个角?

答案:5个角。

题目:金太太一向心直口快,可什么事竟让她突然变得吞吞吐吐了呢?

答案:在吃甘蔗的时候吞吞吐吐。

题目:把24个人按5人一行排列,排成6行,该怎样排?

答案:排成正六边形即可。

题目:公共汽车上,两个人正在热烈地交谈,可围观的人却一句话也听不到,这是为什么?
答案:这是一对聋哑人。

题目:一个人在什么情况下,才处于真正的任人宰割的状态?
答案:在手术台上时。

题目:什么东西愈生气,它便愈大?
答案:脾气。

题目:家属问医生病人的情况时,医生只举起5根手指家人就哭了,这是什么原因呢?
答案:三长两短。

题目:有时候,人们心甘情愿买假的东西,这些东西是什么?
答案:假发、假牙。

题目:什么东西越洗越脏?
答案:水。

题目：最不听话的是谁？

答案：聋子。

题目：一个人掉到河里，还挣扎了几下。他从河里爬上来，衣服全湿了，头发却没湿，为什么？

答案：因为他是光头。

题目：小明新买的袜子就有一个洞，他却不去找售货员换，你知道为什么吗？

答案：因为那是袜口。

题目：什么事你明明没有做，但却要受罚？

答案：家庭作业。

题目：大家都不想得到的是什么？

答案：得病。

逗你乐的脑筋急转弯

♥

题目:什么东西晚上才生出尾巴呢?
答案:流星。

♥

题目:什么东西有五个头,但人不觉得它怪呢?
答案:手和脚。

♥

题目:什么水永远用不完?
答案:泪水。

♥

题目:大象的左耳朵像什么?

答案：右耳朵。

♥

题目：书店里买不到什么书？
答案：遗书。

♥

题目：什么帽不能戴？
答案：螺帽。

♥

题目：阿研的口袋里共有10枚硬币，漏掉了10枚硬币，口袋里还有什么？
答案：一个破洞。

♥

题目：为什么女人穿高跟鞋后，就代表她想要结婚了？
答案：因为穿上高跟鞋，别人追就跑得慢啊。

♥

题目：草地上画了一个直径10米的圆，内有一头牛，圆圈中心插了一根木桩。牛被一根5米长的绳子拴着，如果不割断绳子，也不解开绳子，那么，此牛能否吃到圈外的草？
答案：能吃，因为题中并没有说牛是被拴在木桩上的。

♥

题目：有两个人，一个面朝南，一个面朝北地站立着，不准回头，不准走动，不准照镜子，问他们能否看到对方的脸？

答案：能看到，面对面站着。

♥

题目：汽车在右转弯时，哪一只轮胎不转？

答案：备胎。

♥

题目：小王与父母头一次出国旅行，由于语言不通，他的父母显得不知所措。小王也丝毫不懂外语，他也不是聋哑人，但他却像在自己国家里一样未感到丝毫不便，这是为什么？

答案：小王是个婴儿。

♥

题目：什么东西经常会来，但却从没真正来过？

答案：明天。

♥

题目：你只要叫它的名字就会把它破坏，它是什么？

答案：沉默。

♥

题目：打什么东西，不必花力气？

答案：打瞌睡。

♥

题目：放大镜不能放大的东西是什么？

答案：角度。

♥

题目：病人换心手术失败，医生问快要断气的病人有什么遗言要交代，你猜他会说什么？

答案：其实你不懂我的心。

♥

题目：小明发现房间里有陌生人，却一点也不紧张，为什么？

答案：那是别人的房间。

♥

题目：什么东西最能让人满足？

答案：袜子。

脑筋转转转，没有想不到

题目：天顶上是什么？
答案：是"一"。

题目：什么狗身上湿淋淋的？
答案：落水狗。

题目：两个口是吕，三个口是品，那么四个口、五个口分别是什么字？
答案：田、吾。

题目：一个人有一个，全国12亿人只有12个，这东西是?

答案：12生肖。

题目：乌龟梦见自己中了一百万元大奖，醒来后梦想成真了，它接下去该怎么办?

答案：再睡一觉。

题目：什么东西能逛遍世界?

答案：风。

题目：什么枪只能吓跑人，不能打死人?

答案：比赛用的发令枪。

题目：王奶奶只花了一天，就能从广州扫到北京。她是怎样做到的?

答案：她是在火车上扫的。

题目：作家写小说，一般最先从哪里开始写起。

答案：笔尖。

题目：一天，有两个人在马路上走着。一人说："你看前面有辆车。"另一个人却说："没车。"为什么？

答案：是煤车。

题目：天天和人打架的人是谁？

答案：拳击手。

题目：船厂老板最怕什么？

答案：地球上没水。

题目：有一个人发高烧50度，他这时该找谁帮忙？

答案：消防队。

题目：为什么一瓶标明剧毒的药对人却无害？

答案：除非你喝了它。

题目：小明在图画课交了一张全部涂黑的图画，为什么还要求老师算他及格？

答案：因为小明说自己画的是一个黑人在半夜里抓乌鸦。

为什么人们要到市场上去？
——打破常规思考问题

题目：为什么人们要到市场上去？
答案：因为市场不能来。

题目：一个人从五十米高的大厦上跳楼自杀，重重地摔在了地上，为什么有人说他不是被摔死的？
答案：因为他在半空中就已经被吓死。

题目：什么时候四减一会等于五？
答案：四个角的东西切去一个角。

题目：象棋与围棋的区别是什么？
答案：象棋越下越少，围棋越下越多。

题目：一只鸡，一只鹅，放冰箱里，鸡冻死了，鹅却活着，为什么？
答案：是企鹅。

题目：医生手术为何戴口罩？
答案：怕人认出来。

题目：比细菌还小的是什么？
答案：细菌的儿子。

题目：文文在洗衣服，但洗了半天，她的衣服还是脏的，为什么？
答案：她在洗别人的衣服。

题目：有一个人头戴安全帽，上面绑着一把扇子，左手拿着电风扇，右手拿着水壶，脚穿溜冰鞋，请问他要去哪里？
答案：精神病院。

题目：在香港生活的人，是不是可以埋葬在广州呢？

答案：活人怎么可以埋呢。

题目：小明知道试卷的答案，为什么还频频看同学的试卷？

答案：小明是老师。

题目：什么官不仅不领工资，还要自掏腰包？

答案：新郎官。

题目：什么情况一山可容二虎？

答案：一公一母。

题目：什么书谁也没见过？

答案：天书。

题目：有一种东西，买的人知道，卖的人也知道，只有用的人不知道，这是什么东西？

答案：棺材。

题目：黑头发有什么好处？

答案：不怕晒黑。

题目：失意的Tom跳入河中，可他不会游泳，也没有被淹死，为什么？

答案：他跳入的是爱河。

题目：哪种竹子不是长在土里的？

答案：爆竹。

离婚的起因是什么——结婚

题目：什么鸡没有翅膀？
答案：田鸡。

题目：离婚的起因是什么？
答案：结婚。

题目：被鳄鱼咬和被鲨鱼咬后的感觉有什么不同？
答案：没人知道。

题目：为什么大部分佛教徒都在北半球？

答案：南无阿弥陀佛。

题目：什么人生病从来不看医生？
答案：瞎子。

题目：世界上有什么东西以近2000公里/小时的速度载着人奔驰，而且不必加油或其他燃料？
答案：地球。

题目：圣诞夜，圣诞老人放进袜子里的第一件东西是什么？
答案：自己的脚。

题目：袋鼠与猴子比赛跳高，为什么还没开始跳，袋鼠就输了？
答案：袋鼠双脚起跳。

题目：为什么一群狼中有一只羊？
答案：群字中有一个羊字。

题目：蜗牛从上海到北京只用了一分钟，为什么？
答案：它在地图上走。

题目：打狗看主人，打虎看什么？

答案：看你有什么本事。

题目：在不、仁、王、○、吾的○位置，应当填写东、南、西、北中的哪个字？

答案：应该是西！因为前几个字中分别有一、二、三、五。

题目：老大和老幺之间隔着三兄弟，虽然它们是同年同月同日生，却一点儿也不像，为什么？

答案：他们是手指头。

题目：在茫茫大海上漂泊了大半年的海员，一只脚踏上大陆后，他接下来最想做什么事情？

答案：踏上另一只脚。

题目：牛的舌头和尾巴在什么时候会相遇？

答案：餐厅里。

题目：有一样东西，你只能用左手拿它，右手却拿不到，这是什么东西？

答案：右手。

题目：亚当和夏娃结婚后最大的遗憾是什么?

答案：没有人来喝喜酒。

题目：一个招牌突然由高处掉落，砸向并排行走的五个人，为什么只有三个人受伤?

答案：因为是麦当劳M的招牌。

有意思的脑筋急转弯

♥
题目：每对夫妻在生活中都有一个共同点，那是什么？
答案：就是同年同月同日结婚。

♥
题目：为什么彤彤与壮壮第一次见面就一口咬定壮壮是喝羊奶长大的？
答案：壮壮是一只羊。

♥
题目：中国古人曾将蓝色外衣浸于黄河中，这样会产生何种现象？
答案：衣服湿了。

♥

题目：娘俩兄妹俩，一共只有三个人，这是为什么？

答案：儿子、母亲和舅舅。

♥

题目：牧师无论如何都不能主持的仪式是什么？

答案：自己的葬礼。

♥

题目：什么东西最大？

答案：眼皮。眼皮一落，就把所有东西都遮住了。

♥

题目：小张把一个鸡蛋扔出一米之外，鸡蛋却没有破，为什么？

答案：因为鸡蛋还没有落地。

♥

题目：有一坛酒埋在地下一千年了，结果它变成了什么？

答案：酒精。

♥

题目：有一只猪，它走啊走啊，走到了英国，结果他变成了什么？

答案：Pig。

♥

题目：上课老师抽查背课文，小猪、小狗、小猫都举手了，老师会叫谁？

答案：小狗，因为旺旺仙贝（先背）。

♥

题目：蝴蝶、蚂蚁、蜘蛛、蜈蚣，它们一起工作，最后哪一个没有领到酬劳？

答案：蜈蚣，因为无功（蜈蚣）不受禄。

♥

题目：哪种水果视力最差？

答案：芒果。

♥

题目：哪两种蔬菜有手机？

答案：萝卜青菜，各有索（所）爱。

♥

题目：其实原来是斯巴达800勇士，为什么到了电影里面变成300了？

答案：伍佰（500）去唱歌了。

♥

题目：如果有一辆车，司机是王子，乘客是公主，请问这辆车是谁的呢？

答案：如果的。

♥

题目：小明正在吹风扇，为什么还是满头大汗？
答案：他在吹风扇，风扇没有吹他。

♥

题目：金木水火土，谁的腿长？
答案：火腿肠（长）。

♥

题目：世界上什么人会一下子变老？
答案：新娘。因为今天是新娘，明天是老婆。

为什么青蛙可以跳得比树高？
——试试逆向思维

题目：一颗心值多少钱？
答案：1亿，因为一心一意嘛。

题目：一个警察有个弟弟，但弟弟却否认有个哥哥，为什么？
答案：因为那个警察是女的。

题目：冬瓜、黄瓜、西瓜、南瓜都能吃，什么瓜不能吃？
答案：傻瓜。

题目：盆里有6个馒头，6个小朋友每人分到1个，但盆里还留着1个，为什么？

答案：最后一个小朋友把盆子一起拿走了。

题目：冬天，宝宝怕冷，到了屋里也不肯脱帽。可是他见了一个人就乖乖地脱下帽子，那人是谁？

答案：理发师。

题目：老王一天要刮四五十次脸，脸上却仍有胡子。这是什么原因？

答案：老王是个理发师。

题目：小华在家里，和谁长得最像？

答案：镜中的小华。

题目：鸡蛋壳有什么用处？

答案：用来包蛋清和蛋黄。

题目：不必花力气打的东西是什么？

答案：打哈欠。

题目：什么事每人每天都必须认真去做？

答案：睡觉。

题目：什么人始终不敢洗澡？

答案：泥人。

题目：小明从不念书却得了模范生的称号，为什么？

答案：小明是聋哑学生。

题目：什么车子寸步难行？

答案：风车。

题目：哪一个月有28天？

答案：每个月都有28天。

题目：什么酒不能喝？

答案：碘酒。

题目：什么蛋打不烂，煮不熟，更不能吃？

答案：考试得的零蛋。

题目：火车由北京到上海需要6小时，行驶3小时后，火车该在什么地方？

答案：在车轨上。

题目：什么路最窄？

答案：冤家路窄。

题目：什么东西不能吃？

答案："东西"方向。

题目：一个人从飞机上掉下来，为什么没摔死呢？

答案：因为飞机停在地上。

你会脑筋急转弯吗

🌑 题目：用铁锤锤鸡蛋为什么锤不破？
答案：铁锤当然不会破了。

🌑 题目：拳击冠军很容易被谁击倒？
答案：瞌睡虫。

🌑 题目：什么事天不知地知，你不知我知？
答案：鞋底破了。

🌑 题目：你能用蓝笔写出红字来吗？

答案：写个"红"字有何难。

题目：孔子与孟子有什么区别？
答案：孔子的子在左边，孟子的子在上边。

题目：为什么小王从初一到初三就学了一篇课文？
答案：初一到初三，两天学一课，算不错了。

题目：一个人空肚子最多能吃几个鸡蛋？
答案：一个。因为吃了一个后就不是空肚子了。

题目：毛毛虫回到家，对爸爸说了一句话，爸爸当场晕倒，毛毛虫说了什么话？
答案：毛毛虫说："我要买鞋。"

题目：世界上最小的岛是什么岛？
答案：马路上的安全岛。

题目：百兽之王是谁？
答案：动物园园长。

题目：什么样的人死后还会出现？

答案：电影中的人。

题目：专爱打听别人事的人是谁？

答案：记者。

题目：谁说话的声音传得最远？

答案：打电话的人。

题目：小咪昨晚整整一个晚上都花在历史课本上，可第二天妈妈还是骂她不用功，为什么？

答案：她用历史课本当枕头睡。

题目：能否用树叶遮住天空？

答案：只要用树叶盖住眼睛。

题目：把8分成两半，是多少？

答案：0。

题目：口吃的人什么时候最吃亏？

答案：打国际长途电话。

题目：什么东西使人哭笑不得？

答案：口罩。

题目：有个人走独木桥，前面来了一只老虎，后面来了只熊，最后这个人过去了。这个人是怎么过去的？

答案：晕过去了。

题目：监狱里关着两名犯人，一天晚上，犯人全都逃跑了，可是第二天看守员打开牢门一看，里面还有一个犯人，这是为什么？

答案：逃跑的犯人名字叫"全都"。

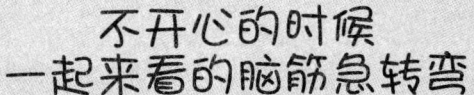

不开心的时候一起来看的脑筋急转弯

题目：小明的妈妈有三个儿子，大儿子叫大明，二儿子叫二明，三儿子叫什么？

答案：当然叫小明。

题目：针掉到大海里怎么办？

答案：再买一根。

题目：一只候鸟从南方飞到北方要用一个小时，而从北方飞到南方则需两个半小时，为什么？

答案：两个半小时不就是一个小时嘛。

题目：什么人骗别人也骗自己？

答案：骗子。

题目：李先生到16层楼去谈生意，但他只乘电梯到14层，然后再步行爬楼梯上去，为什么？

答案：李先生个子太矮，按不到16层的电梯按键。

题目：一个小孩和一个大人在漆黑的夜晚走路，小孩是大人的儿子，大人却不是小孩的父亲，请问为什么？

答案：因为他们是母子关系。

题目：一个人的前面放了一本又厚又宽的大书，他想跨过去可怎么也跨不过去，你知道这是什么原因吗？

答案：因为书放在墙角。

题目：人长寿的秘诀是什么？

答案：保持呼吸，不要断气。

题目：什么时候看到的月亮最大？

答案：登上月球时。

题目：什么事睁一只眼闭一只眼比较好？

答案：射击。

题目：为什么刚出生的小孩只有一只左眼睛？

答案：人本来就只有一只左眼睛。

题目：房间里着火了，小明怎么也拉不开门，请问他后来是怎么出去的？

答案：推开门。

题目：蓝兰并没生病，但她整个晚上嘴巴都在一张一合的，这是为什么？

答案：她在吃瓜子。

题目：什么人最会弄虚作假？

答案：魔术师。

题目：有两个面的盒子吗？

答案：有！里面和外面。

题目：超人和蝙蝠侠有什么不同？

答案：一个内裤穿里面，一个穿外面。

题目：什么人心肠最不好？

答案：得肠炎的人。

题目：客人送来一篮草莓，贝贝吵着要吃草莓。可妈妈偏说家里没有草莓，为什么？

答案：客人送来的只是一幅画。

题目：从来没见过的爷爷，是什么？

答案：老天爷。

题目：山冈上有三只狐狸，猎人开枪打死了一只，问山冈上还有几只狐狸？

答案：一只。

> 早晨醒来，每个人都会去做的第一件事是什么？

题目：早晨醒来，每个人都会去做的第一件事是什么？

答案：睁眼。

题目：一个病人到医院去做健康检查，医生却说："你离我远一点儿。"请问这病人得了什么病？

答案：斗鸡眼。

题目：什么东西没吃的时候是绿的，吃的时候是红的，吐出来的是黑的？

答案：西瓜。

♥

题目：为什么太阳天天都比人起得早？

答案：因为人比太阳睡得晚。

♥

题目：一只狼钻进羊圈，想吃羊，可是它为啥没吃羊？

答案：因为羊圈里没有羊。

♥

题目：什么船最安全？

答案：停在海滩上的船。

♥

题目：山坡上有一群羊，又来了一群羊。一共有几群羊？

答案：还是一群羊。

♥

题目：贝多芬给了学生什么样的启示？

答案：背了课本就会多得分（背多分）。

♥

题目：一座桥上立有一个牌子，牌子上写着"不准过桥"。但是很多人都不理睬，照样过去。你说这是为什么？

答案：这座桥的名字叫"不准过桥"。

♥

题目：数个大小形状相同的物体并排放在一起时，有无可能愈接近自己的东西看起来愈小，愈远离的物体看起来愈大？

答案：使用镜子反射，便可出现这种情况。

♥

题目：有一件东西拥有很多牙齿，能咬住人的头发，这是什么？

答案：发夹。

♥

题目：有两辆汽车以完全相同的速度，分别行驶于紧邻的两条道路上。不久之后，虽然两车都未改变车速，但是B车突然开始超越A车，这可能吗？两条道路都是直线。

答案：A车道有下坡路段，使距离变长。

♥

题目：什么东西咬牙切齿？

答案：拉链。

♥

题目：某个动物园中，管理员一时疏忽，忘记把笼子上锁了，有两只狮子趁机逃了出来，在公园内蹿来蹿去。人们一边避险，一边找管理员，而管理员却躲到一个最安全的地方。此地为何处？

答案：狮子的笼子里。

♥

题目：有两个人同时来到了河边，都想过河，但却只有一条小船，而且小船只能载1个人，请问，他们能否都过河？

答案：能，因为他们分别在河的两边。

♥

题目：小王13岁的生日为何点了14根蜡烛？

答案：那晚停电，有一根是用来照明的。

♥

题目：在早餐时从来不吃的是什么？

答案：午餐和晚餐。

♥

题目：三个人要过公路，当时没有任何车辆通过，但走到一边人行道上的只有两个人，请问另一个人哪里去了呢？

答案：在公路的另一边。

♥

题目：三个人共撑一把伞在街上走，却没有淋湿，为什么？

答案：因为没有下雨。

♥

题目：如果你的孩子只有一只右手，你会怎么办？

答案：哪有人有两只右手的？

别让惯性思维束缚你的头脑

题目：进动物园看到的第一个动物是什么？

答案：售票员。

题目：有一艘船限载50人，已载49人，后来又有一孕妇上船，结果船仍沉入了水中，为什么？

答案：是艘潜水艇。

题目：一个婚姻破碎的男人，桌上放着一把刀，请问他要做什么？

答案：学着自己做菜。

题目：一场大雨，使忙着耕种的农民纷纷躲避，却仍有一个人不走，为什么？

答案：那是一个稻草人。

题目：东东养的鸽子在明明家下了一个蛋，请问这个蛋应属于谁？

答案：鸽子。

题目：什么话是世界通用的？

答案：电话。

题目：阿里巴巴与四十大盗的故事是东方夜谭还是西方夜谭？

答案：都不是，是天方夜谭。

题目：一根木头重5吨，从上游到下游，需载重为多少的船才能承载？

答案：不用船，把木头放在水里就可以从上游运到下游了。

题目：一幢大楼失火，很多人围观，却无人报警，为什么？

答案：失火的是警察局大楼。

题目：小王中午的时候去开会，为什么半个人影也没看到？

答案：影子是没有半个的。

题目：有什么办法能使眉毛长在眼的下面？

答案：倒立。

题目：小明画了好大一个圆，你知道画圆时是从什么地方开始的吗？

答案：从笔尖开始。

题目：有半瓶酒，瓶口用软木塞塞住。在不敲碎瓶子，不准拔去木塞，不准在塞子上钻孔的情况下，怎样喝到瓶子里的酒？

答案：将瓶塞按进瓶子里。

题目：一个聋哑人到五金店买钉子，他把左手的食指和中指伸开做成夹着钉子的样子，然后伸出右手作锤子状。服务员给他拿出锤子，他摇了摇头，给他拿来钉子，他满意地买了。接着来了一个盲人，请问，他怎样才能买到剪子？

答案：盲人是会说话的呀。

题目：漆黑的夜晚，老王在家看书，看着看着，他的妻子说："太晚了，关灯睡觉吧。"就把灯关了。可老王理也不理继续看书，还一直把书看完了，这是怎么回事？

答案：老王是盲人，他在读盲文。

题目：一名司机上了他驾驶的汽车后，做的第一个动作是什么？

答案：第一个动作是坐下。

题目：什么样的强者千万别当？

答案：强盗。

题目：什么桥下没水？

答案：立交桥。

看了不许笑，我是脑筋急转弯

题目：吃苹果时，咬下一口，看到有一条虫，觉得很可怕，看到两条虫，觉得更可怕，看到有几条虫让人觉得最可怕？

答案：半条虫。

题目：小明带100元去买一件75元的衬衫，但老板却只找了5块钱给他，为什么？

答案：小明只给了老板80元钱。

题目：刚上幼儿园第一天的Rose，从来没学过数学，但老师却称赞她的数学程度是数一数二的，为什么？

答案：因为他只会数一数二。

题目：在一辆营运中的巴士里，买票的人只有三分之一，可是售票员和司机却都无动于衷，乘客中没有小孩，也没有司机与售票员的朋友，并且也没有持月票的人，这是为什么？
答案：车里只有一名乘客。

题目：什么饼不能吃？
答案：铁饼。

题目：什么鞋子，你绝不会穿着它去逛街？
答案：溜冰鞋。

题目：跳伞时，怎样才能分出老兵和新兵？
答案：新兵的屁股上有鞋印。

题目：陈老太太得的并不是绝症，为什么医生却说她无药可救？
答案：她没钱买药。

题目：哪一种飞弹可以以每小时30公里的超低速，并贴近地表两米左右的高度直扑目标而去，中途还可以90度急转弯？
答案：载在车上的飞弹。

题目：如果诸葛亮活着，世界现在会有什么不同？

答案：会多一个人。

题目：什么东西别人请你吃，但你自己还是要付钱？

答案：吃官司。

题目：有一个眼睛瞎了的人，走到山崖边上，却突然停住了，然后往回走，这是为什么？

答案：他只是单眼瞎。

题目：大人上班迟到的理由是堵车，小孩子迟到的理由是什么？

答案：妈妈睡过了头。

题目：理发师最不喜欢的人是谁？

答案：秃头的人。

题目：有一种奇怪的东西，他能载万吨重物，却载不起一粒沙子。它是什么？

答案：海水。

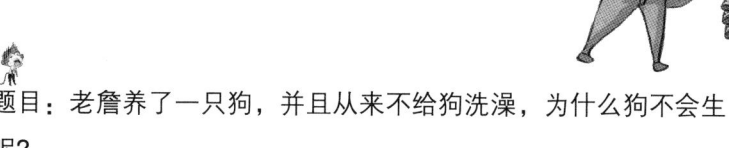

脑筋急转弯，有时顺有时逆，捉摸不透才有魅力

题目：老詹养了一只狗，并且从来不给狗洗澡，为什么狗不会生跳蚤呢？

答案：因为狗只会生小狗。

题目：一个人有三根头发，为什么他还要剪掉一根？

答案：他想做三毛的哥哥。

题目：华先生有个本领，那就是能让见到他的人，都会自动手心朝上。这是怎么回事？

答案：他是个中医。

题目：杏子从52楼跳下，为什么没事？

答案：它是只鸟。

题目：年年有余，为什么钱还是存不起来？

答案：因为年年都被炒鱿鱼。

题目：医生给了你三颗药丸要你每半个小时吃一颗，请问吃完需要多长时间？

答案：一个小时。

题目：用猪肝和熊胆做成的神奇肥皂。（打四字成语）

答案：肝胆相照（香皂）。

题目：为什么大家都喜欢坐着看电影？

答案：因为站着看脚会酸。

题目：什么鼠最爱干净？

答案：环保署。

题目：参加联考时，除了准考证之外，最重要的是什么？

答案：记得起床。

题目：一头被10米长的绳子拴住的老虎，要如何吃到20米之外的草？

答案：老虎不吃草。

题目：这个东西，左看像电灯，右看也像电灯，和电灯没什么两样。但它就是不会亮，这是啥东西呢？

答案：坏掉的电灯。

题目：一座大楼发生火灾，老陈逃到了楼顶后，无路可走，便逃到了隔壁的楼顶上，两楼只隔10厘米，老陈却摔死了，为什么？

答案：两座楼一个30层，一个3层。

让你喷饭的问答笑话

♥
题目：人在不渴时也需要的是什么水？
答案：薪水。

♥
题目：海水为什么是咸的？
答案：鱼流的泪太多了。

♥
题目：为什么阿福总要等老师动手才去听老师的话？
答案：他是个聋子。

♥
题目：掉进钱眼里的人最终会怎样？
答案：最终会死。

♥

题目：老王已经年过半百，为什么还总爱围着女人转？

答案：老王是推销化妆品的。

♥

题目：有一名女囚犯，被抓到警察局，并被单独关到了一间防卫非常好的小囚室里，在外人没有可能进入的情况下，第二天早晨，囚室里居然多了一名男士！这是为什么？

答案：这是一名怀了孕的女犯，她生下了一名男婴。

♥

题目：阿珍什么家务都不会做，脾气又大，他爸妈为什么还拼命催她结婚？

答案：为了嫁祸于人。

♥

题目：一间屋子里到处都在漏雨，可是谁也没被淋湿，为什么？

答案：这是一间空房子。

♥

题目：什么人可以饭来张口，衣来伸手？

答案：婴儿。

♥

题目：一辆出租车在公路上正常行驶，并且没有违反任何交通规则却被一个警察给拦住了，这是为什么？

答案：警察打车。

♥

题目：鸭蛋一打有多少个?

答案：全没有了，碎了。

♥

题目：后脑勺受伤的人怎样睡觉?

答案：闭着眼睛睡觉。

♥

题目：现代人为什么越来越喜欢挖耳朵?

答案：爱讲脏话的人越来越多了。

♥

题目：什么时候我们会甘心熄灭自己的生命之火?

答案：切生日蛋糕之前。

♥

题目：地球有两处地方，昨天可以是今天，今天可以是明天，这两个地方是哪里?

答案：南极和北极。

那些有趣的转弯题

题目：和尚打着一把伞，是一个什么成语？
答案：无法（发）无天。

题目：什么花可以看而不可以把握？
答案：水花和烟花。

题目：哪种火车车厢最少？
答案：救火车。

题目：什么人是人们说时很崇拜，但却不想见到？
答案：上帝。

题目：中国人最早的姓氏是什么？

答案：姓善。"人之初，性本善。"

题目：从前，遍地是金的山是什么山？

答案：旧金山。

题目：哪一件衣服最耐穿？

答案：最不喜欢的那件。

题目：世界上什么没有标价？

答案：情意。

题目：一年前的元月一日，所有的人都在做着一件非常重要的事，你记得是什么事吗？

答案：都在呼吸。

题目：小王跑步为什么总是保持一个姿势不变？

答案：因为他在照片中。

题目：在什么情况下，每个人都会主动发挥赴汤蹈火的精神？

答案：吃火锅的时候。

题目：什么人经常从十米高的地方不带任何安全装置跳下？

答案：跳水运动员。

题目：小王因工作需要常交际应酬，虽然每天都很早回家，可妻子还是抱怨不断，这是为什么？

答案：他每天凌晨回家。

题目：车祸发生不久，第一批警察就赶到了现场，他们发现司机安然无恙，翻覆的车子内外血迹斑斑，却没有见到死者和伤者，而这里是荒郊野外，并无人烟，这是怎么回事？

答案：因为这是一辆献血车。

题目：哪种人希望孩子越多越好？

答案：儿童用品制造商。

题目：一个人死前要做的最后一件事是什么？

答案：咽下最后一口气。

怎样能让家里瞬间变干净——闭上眼睛

题目：老张是出了名的拳手，为什么一戴上拳击手套反而让对手三下两下就打下台去了？

答案：他是划酒拳的高手。

题目：百货商场被偷，警察立刻封锁住所有出口，但为什么小偷仍逃了出去？

答案：小偷可以从入口逃走呀。

题目：太太吃完饭后向先生要火柴，先生殷勤地掏出名牌打火机，却被太太瞪了一眼，为什么？

答案：打火机怎么能剔牙齿呢。

题目：世界上最洁净的"球"是什么?

答案：卫生球。

题目：比黄金更容易招引盗贼的东西是什么?

答案：美貌。

题目：老陈买的明明是真药而不是假药，为什么会被判重刑?

答案：他走私军火。

题目：新版的纸币，竟然印得不一样，为什么?

答案：号码不一样。

题目：黄河的源头在哪儿?

答案：天上，黄河之水天上来。

题目：什么样的河人们永远也渡不过去?

答案：银河。

题目：卖水的人看到河会怎么想?

答案：这些都是钱。

题目：从事什么职业的人容易在短时间反复改变主意？

答案：列队的教官。

题目：流浪了50多年的流浪汉，有一天突然不流浪了，为什么？

答案：他死了。

题目：老王什么办法都用了还是天天掉头发，只有一种办法可以使他永远不掉头发。那是什么办法呢？

答案：剃光。

题目：一艘五十万吨的油轮沉没了，最先浮出水面的是什么？

答案：空气。

题目：为什么罗丹雕塑的作品"沉思者"没有穿衣服？

答案：他正在想穿哪件衣服好看。

题目：什么东西破裂之后，即使最精密的仪器也找不到裂纹？

答案：感情。

🌑 题目：什么事情，只能用一只手去做？

答案：剪自己的手指甲。

🌑 题目：家里又脏又乱，怎样才能在最短时间内弄干净？

答案：闭上眼睛，眼不见为净。

🌑 题目：什么地方能出生入死？

答案：医院。

🌑 题目：少女们的偶像如果不幸因车祸而成了植物人，那么影迷们会怎样形容他呢？

答案：帅呆了。

什么虎会吓人但并不吃人？
——壁虎

题目：为什么老王家的马能吃掉老张家的象？

答案：因为他们正在下象棋。

题目：老高骑自行车走了十公里，但周围的景物始终没有变化。为什么？

答案：他骑的是室内健身车。

题目：哪一种人最容易走极端？

答案：因纽特人。

题目：为什么警察要系白皮带？

答案：不系皮带裤子会掉下来。

题目：一个圆有几个面？
答案：两个面，一个外面一个里面。

题目：为什么结婚要请客吃饭，办丧事也要请客吃饭？
答案：前面宣布家里多了一个人吃饭，后面宣布家里少了一个人吃。

题目：神偷"妙手空空"把附近一些有钱人家的金银珠宝偷得一干二净，为什么唯独一个既无防盗设备，也无保安人员的财主家没被偷？
答案：那是他自己的家。

题目：爸爸要小明背《论语》，他一分钟就背下了整本书，难道小明是天才吗？
答案：不，因为他只背了"论语"两个字。

题目：班长告诉菜鸟，当拉开手榴弹的保险之后，口中先数五秒再投掷出去，菜鸟一切都按班长指示操作，但仍被炸到了，为什么？
答案：因为菜鸟有口吃。

题目：什么虎会吓人但并不吃人？

答案：壁虎。

题目：电话声大作，却不见小华和哥哥去接电话，这是怎么回事？

答案：因为那是电视广告。

题目：艳阳高照，为什么只有小可全身湿淋淋的？

答案：因为他正在游泳呀。

题目：大雄练就了"吃西瓜不吐子"的绝招，到底他是怎么练成的？

答案：吃的是无子西瓜呀。

题目：堂堂的中央图书馆，却没有明版的《康熙字典》，这是为什么？

答案：《康熙字典》是清朝人编的。

那些不用转弯的脑筋急转弯

♥

题目：蛇为什么要蜕皮？
答案：因为皮痒。

♥

题目：教室中为什么要有讲台？
答案：提高老师的地位。

♥

题目：在餐厅中吃完饭发现没带钱，怎么办？
答案：刷卡或赊账。

♥

题目：人体最大的器官是什么？
答案：胆，胆大包天。

♥

题目：老王从九岁开始有虫牙，为什么90岁时他的牙都还在？

答案：虫牙早已换掉。

♥

题目：考试做判断题，小花掷骰子决定答案，但题目有20道，为什么他却扔了40次？

答案：他要验证一遍。

♥

题目：世界上任何地方都找不出比这个地方更便宜的住所了，这是什么地方？

答案：牢房。

♥

题目：什么马不会跑？

答案：木马。

♥

题目：为什么有人说世界上分配得最公平的东西是"良心"？

答案：你听过有人说自己没有良心吗？

题目：你有一艘船，船上有15名船员，60名乘客，300吨货物。你能根据上面的提示，算出船主的年龄吗？

答案：你就是船主，年龄还需要算吗？

♥

题目：有一种活动能够准确无误地告诉你：美人不是天生长出来的，而是七嘴八舌说出来的，这是什么活动？

答案：选美。

♥

题目：在什么样的情况下，手推车前有人推，后有人拉，但还是会向前走？

答案：下坡的时候。

♥

题目：有三个小朋友在猜拳，一个出剪刀，一个出石头，一个出布，请问三个人共有几根指头？

答案：60。

♥

题目：当你捏住自己鼻子时，你会看不到什么呢？

答案：当然是你自己的鼻子。

♥

题目：可以天天躺在枕头上工作一辈子的是什么？

答案：铁轨。

♥

题目：有一样东西能托起50公斤的橡木，却容不下50公斤的沙，你知道是什么吗？

答案：水。

♥

题目：书呆子买了一本书，第二天他妈妈却发现书在脸盆里，为什么？

答案：他认为那本书太枯燥了。

♥

题目：小胖在从图书馆回家的计程车上睡着了。突然他一觉醒来，发现前座的司机不见了，而车子却仍然在往前走，这是为什么？

答案：车子抛锚了，司机正在后面推车。

♥

题目：塑料袋里有六个橘子，如何平均分给三个小孩，而塑料袋里仍有两个橘子？

答案：当然是一个人两个橘子，只是一个连塑料袋一起给他。

♥

题目：猪皮是做什么用的呢？
答案：包猪肉用的。

有些事儿不能深琢磨

 题目：100公斤的胖妹听说骑马可以减肥，便去试，你猜结果如何？

答案：马瘦了十公斤。

题目：小虎从《武术大全》这本书上学得一身好功夫，但是第一次路见不平就被修理了一顿，这是为什么？

答案：他看的是盗版。

题目：为什么小明拒绝用"一边……一边……"这个词来造句？

答案：老师不是说"一心不能二用"嘛。

题目：在什么情况之下，24和44不会约成最简分数？

答案：写在五线谱上面时。

题目：小吴称赞女朋友的新衣服"十分漂亮"，但却被女友打了一顿，为什么？

答案：满分是一百分。

题目：一只田鼠在挖洞时并没有在洞口四周留下泥堆，为什么？

答案：因为它先挖出口。

题目：阿兰结婚好几年了，却没生下一个孩子，这是为什么？

答案：她生的是双胞胎。

题目：有一名律师，自己有了婚变，却站在太太的立场，免费担任太太的辩护律师，并且帮助她向丈夫要求更多的赡养费，最后这名律师却没有任何损失，为什么？

答案：因为这个律师正是那个太太。

题目：森林里有一条眼镜蛇，可是它从来不咬人，你知道为什么吗？

答案：因为那森林里没有人。

题目：为什么老李喜欢和自己的老婆和孩子一起打麻将？
答案：只有这样才能回收一部分薪水。

题目：明明是放砂糖的罐子，却贴着一张写着"盐"的标签，你知道作用何在？
答案：骗蚂蚁。

题目：常把手伸向别人包里的人，却不是小偷，这是什么人？
答案：海关检查员。

题目：老王是个酒鬼，有一天他去看医生，医生警告他一次喝酒不可超过4杯，为什么老王还是不怕，一次喝了8杯呢？
答案：因为他连续看了两次医生。

题目：陆先生刚理完发，便要求理发师将他的头发"中分"，理发师说做不到，为什么？
答案：他的头发是奇数。

> 得了狂犬病,你第一件事要做什么?好好想想吧

题目:有一间屋子的北边有肥料厂,南边有酒厂,它有个优点,你知道是什么吗?

答案:只要一开窗子就能知道吹的是什么风。

题目:小虎的摩托车既没有锁,也没有违规,但是仍然被锁上了,为什么?

答案:不知道哪个迷糊蛋锁错了。

题目:一个外国人问路,小明拼命用英语对他说,他却一点儿也听不懂,这是为什么?

答案:因为他是法国人。

题目：福尔摩斯花了半天时间，却查不出命案现场有任何线索及目击者，但他随即就宣布破案了，为什么？
答案：因为凶手自首了。

题目：小杰最爱吹牛，但是为什么他说大家都说他讲话很实在？
答案：那是他自己说的。

题目：天上有十个太阳，为什么后羿只射下九个？
答案：他不想摸黑回家。

题目：什么时候，我们会目中无人？
答案：半夜一个人走在墓地时。

题目：谁会连续摇头半个小时以上？
答案：看球赛的。

题目：人在做哪件事的时候，最好闭上眼睛？
答案：死的时候，省得吓人。

题目：除了司机以外，还有谁可以每天搭公车而不必给钱？

答案：售票员。

题目：为什么有人说情人眼里出西施？

答案：因为爱情使人盲目。

题目：什么地方物品售价愈高，客人愈高兴？

答案：当铺。

题目：老陈工作时一直闭着眼睛，从不睁开，他究竟是做什么工作的？

答案：假装盲人乞讨。

题目：在没有停电、跳闸的情况下，为什么吴先生按了开关电灯却没有亮？

答案：他按的是电视开关，灯当然不会亮了。

题目：小呆一天写作文时，发现不会写"笨"字，于是他查字典，但是却查不到这个字，为什么？

答案：他查的是英文字典。

题目:甲跟乙打赌:"我可以咬到自己的右眼。"乙不信,甲把假的右眼拿下来放在嘴里咬了五下。甲又说:"我还可以咬到自己的左眼。"乙仍然不信,结果,甲又赢了,他是怎么做到的?

答案:他把假牙拿下来咬左眼。

题目:大多数人是用左手端碗,右手吃饭,对吧?

答案:那要嘴巴干什么。

题目:"不见棺材不掉泪"可以用来形容一个顽固的人,你知道什么人是"见了棺材仍然不掉泪"的死硬派吗?

答案:当然是死人了。

题目:老李站在马路上指手画脚,却不见警察来赶他,为什么?

答案:老李是警察。

有些脑筋急转弯不要太往心里去

题目：一只青蛙掉进三十米深的枯井里，如果它每次能跳两米高，它需要跳几次才能跳出井口呢？

答案：那么深的枯井青蛙早就摔死了。

题目：为什么阿发悄悄对臭皮说他裤子的拉链忘了拉，臭皮却不以为意？

答案：因为阿发说的是自己。

题目：一个失恋的年轻男子从两层楼高的天桥往下跳，结果却毫发无损，这是怎么回事？

答案：他是演员，正在拍电影。

题目：妈妈明明在叫大宝，但出来的竟是小宝，为什么？

答案：大宝不在。

题目：什么东西越擦越小？

答案：橡皮。

题目：萝卜喝醉了，会变成什么？

答案：红萝卜。

题目：一头牛一年吃三公顷的牧草，现有面积为三十公顷的牧场养了五头牛，请问它们需要多久才能全部吃完？

答案：春风吹又生，它们一辈子也吃不完。

题目：他竟然可以向后走而向前进，这是怎么一回事呢？

答案：在车里向着与车行驶相反的方向走。

题目：大气的流动叫"气流"，河水的流动叫"水流"，那风的流动呢？

答案：风流。

题目：出去的时候光着身子，回到家才穿上衣服的是什么？

答案：衣架。

题目：在平衡的跷跷板两边各放一个西瓜和冰块，重量相等，如果就这样放着，最后，跷跷板会向哪个方向倾斜？

答案：处于平衡状态，因为冰化了西瓜滚了。

题目：有名偷车贼，某天四下无人时，他看到一辆凯迪拉克，却不动手，为什么？

答案：车是他的。

题目：要形容女孩子好看，说什么话她最高兴？

答案：谎话。

题目：牛小时候叫"犊"，那兔子、乌龟小时候应该如何称呼？

答案：兔崽子、龟儿子。

题目：我伯父的弟媳，但不是我的叔母，那她是谁？

答案：我母亲。

题目：有架飞机失事，现场支离破碎，令人惊讶的是竟找不到任何伤者，为什么？

答案：那是一架遥控飞机。

题目：天黑一次亮一次就是一天，可有一次天黑了两次仍然只过了一天，你猜得到是什么原因吗？

答案：碰上日全食了。

题目：奶奶非常疼爱她养的那只猫，当猫咪生日那天，她特地准备了五个各放了一条鱼的盘子，为它祝贺。猫咪走到盘子前，犹豫了一会儿，然后把第三个盘子里的鱼吃掉了，为什么？

答案：它高兴。

题目：小王说他会在太阳和月亮永远在一起的时候去旅行，你说可能吗？

答案：可能，是明天。

不得不承认人和人是有区别的

♥

题目：老张不小心吞了一枚金币，为什么到十年后才去手术取出来呢？

答案：因为当时他不急着用钱。

♥

题目：小华和小涵约好中午12点钟在学校吃饭，小华看了表后，匆匆去找小涵。见面后，小涵对小华说："你相信9+4=1吗？"小华听后脸红了，为什么？

答案：九点钟加四点钟是一点钟。

♥

题目：人们心中最热烈、最难以满足的激情之一是什么？

答案：好奇心。

♥

题目：一个人请人画十二生肖，最后只剩下蛇没画时，画师怎么也不肯画了，为什么？

答案：因为他怕画蛇添足。

♥

题目：明明买了一兜水果，回到家了却两手空空，他保证没有偷吃，也没有弄丢，那是什么原因呢？

答案：送人了。

♥

题目：大勇向小伙伴们吹嘘说："今天上课的时候，老师提了一个问题，全班除了我没有一个答对的。"你猜老师问的是什么问题？

答案：老师说："大勇，你为什么又迟到了？"

♥

题目：大勇说他和学校里的老师很熟，在学校他哪里都能进去，但小涵偏说他有一个地方永远也不能进去，是什么地方呢？

答案：女厕所。

♥

题目：墙壁上爬着三只壁虎，一只壁虎掉下后没多久，另外两只也跟着掉下来，到底发生什么事情？

答案：因为一只在打瞌睡，另两只拍手叫好，也掉下来了。

♥

题目:某岛上有只乌龟,正中央是棵椰子树,岛的旁边还有一座岛,乌龟想过去,但又不太会游泳,请问它该怎么过?

答案:他还在想。

♥

题目:餐厅里,有两对母女在用餐,每人各叫了一个70元的牛排,付账时却只付了210元,为什么?

答案:这两对母女是姥姥、妈妈、女儿。

♥

题目:有一个婴儿喝了牛奶之后,一星期重了十公斤,为什么?

答案:那是一头牛。

♥

题目:为什么李爷爷被歹徒抢走了十万元之后,不但不心疼,反而哈哈大笑?

答案:因为那名歹徒是他上幼儿园的孙子扮演的。

♥

题目:"失败为成功之母",那成功为失败的什么?

答案:反义词。

♥

题目:某人有喝一打高粱酒的酒量,但今晚他只喝了半瓶啤酒就醉了,为什么?

答案：他不久前才刚喝了一打高粱酒。

♥

题目：什么时候看到的星星最多？

答案：踩到地雷时。

♥

题目：恐龙为什么会灭亡？

答案：那个时候没有动物保护协会。

♥

题目：喝可乐可以再来一罐，买洗衣粉也可以买大送小，那请问什么店不能买一送一？

答案：棺材店。

♥

题目：有个刚生下来的婴儿，有两个小孩和他是同年同月同日生的，而且是同一对父母生的，但他们不是双胞胎，这可能吗？

答案：可能，三胞胎。

♥

题目：古时候没有钟，有人养了一群鸡，可是天亮时，没有一只鸡给他报晓。这是为什么？

答案：他养了一群母鸡。

有些脑筋急转弯是歪解，千万别都当真

题目：蒙古人喜欢骑马，他们是怎么走路的？
答案：走马步。

题目：为什么大多数的人都不喜欢过32岁的生日？
答案：没有人愿意有三长两短。

题目：闭着眼睛也看得见的是什么？
答案：梦。

题目：刚念幼儿园的皮皮才学英文一个月却能毫无困难地和外国

人交谈,为什么?

答案:外国人用汉语与他交谈。

题目:亮亮去夏威夷度假,结果在海边溺水,高喊救命,却没人理他,为什么?

答案:没人懂中文。

题目:拿破仑指挥作战时,高喊"冲啊!"为何所有士兵却是动也不动?

答案:拿破仑说的是中文,士兵怎么听得懂。

题目:小龙的爸爸看到小龙书包里塞满了钞票,却视若无睹,为什么?

答案:那是儿童玩具。

题目:小燕站在路中央,一辆时速90公里的汽车疾驰而过,她却未被撞到,为什么?

答案:小燕站在天桥上。

题目:一只母猪带着10只小猪过河,背驮3只,过河后一算,还是10只小猪,为什么?

答案：母猪不会算数。

题目：身高168厘米的小华，有一天去看棒球赛回来后却变成170厘米，为什么？

答案：因为他被击中，长出了一个两厘米的包。

题目：在赛车比赛中，有辆车撞上了大树，车子完全被撞烂，开车者却毫发无伤，为什么？

答案：那是遥控车比赛。

题目：歹徒抢劫MTV店，朝店主开了一枪，店主情急之下抽出一张光盘挡了一下，居然平安无事，为什么？

答案：歹徒拿的是水枪。

题目：鸡蛋里面挑骨头表示故意找人麻烦，那鸡蛋里面挑石头又代表什么意思？

答案：小鸡得了肾结石，必须挑石头了。

题目：小明去参加讲笑话比赛，一路上小明一直用冰块敷嘴巴，为什么？

答案：怕笑话到时候不新鲜。

题目：四月一日是谁的节日？

答案：你的。

题目：为什么夏天才有台风？

答案：因为它要冬眠。

题目：小毕是学校出了名的逃课大王，几乎有课必逃，但是有一节课，他却不逃，永远准时不缺课，请问是哪一课？

答案：下课。

题目：休息的意义是为走更远的路，那么补考的作用是什么？

答案：为了念更多的书。

题目：华盛顿小时候砍倒他父亲的樱桃树时，他父亲为什么不马上惩罚他？

答案：因为华盛顿手上还有斧头。

题目：美人鱼最怕遇到谁？

答案：加菲猫。

> 好吧好吧,谁让你是急转弯呢

题目:为什么闪电总是比雷快?
答案:因为雷公说女士优先。

题目:一个即将被枪决的犯人,他的最大愿望是什么?
答案:穿上防弹衣。

题目:大头买了一双鞋子,从来没穿过,提着鞋子到处走,到底是为了什么?
答案:他说鞋子穿久会坏。

题目：小毛喜欢运动，有一天他在摄氏38度高温的大太阳下做很激烈的运动，为什么不流汗？

答案：他在水里游泳。

题目：树上有100只鸟，用什么方法才能把它们全部抓住？

答案：用照相机。

题目：著名歌手罗大佑有一天出现在热闹的西门町街头，为什么却没有人认出他来？

答案：因为他忘了戴墨镜。

题目：为什么爱斯基摩人是唯一住在北极的人呢？

答案：因为他们是爱死寂寞的人。

题目：有一位老奶奶在看报，一只蚊子正要叮她，老奶奶手和脚都没动，为什么蚊子会突然死掉了？

答案：因为它被老奶奶的皱纹夹死了。

题目：怎样才能让男人对你一见钟情？

答案：别让他看你第二眼。

题目：两位爸爸、两个儿子同处一室，他们总共有九只手，为什么？

答案：祖孙三代同是扒手。

题目：海湾战争中，为什么美军在夜间死伤比伊军少？

答案：美国黑人较多。

题目：富商陈氏死在书房之中，虽然墙上有三个弹孔，但他的身上却没有外伤，你猜他是怎么死的？

答案：嘲笑枪手枪法太差，笑死的。

题目：有什么事比亲眼看着好朋友上电椅更痛苦？

答案：他临死还握着我的手。

题目：艺人方芳和方芳芳有什么关系？

答案：一个是方的平方，一个是方的立方。

题目：煮什么汤最"鲜"？

答案：煮"鱼"肉汤和"羊"肉汤。

题目：顶地立天是什么意思？

答案：倒立。

题目：有只小北极熊早上醒来后一直追问熊妈妈，它是不是一只小浣熊，它妈妈回答："你当然是北极熊。"可是它为什么还是不相信？

答案：因为它觉得很冷。

题目：有一天，有一个班里的学生正在小考。有一个学生，他答出来之后，为什么老师还批了他一顿？

答案：因为他把答案念给同学听。

题目：不孕症妇女的孩子，会不会遗传她的不孕症？

答案：不孕症妇女根本就生不了孩子。

不看不知道，诛灭九族原来是这个原因啊

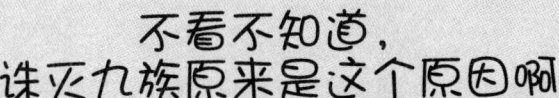

题目：小男孩和小女孩在一起不能玩什么游戏？
答案：不能玩猜拳（两小无猜）。

题目：一家洗衣店招牌上写着"24小时交货"，今天小高拿衣服去洗，为何老板说要三天后才能拿到？
答案：因为每天工作8小时，三天正好24小时。

题目：心有余而力不足作何解释？
答案：我知道意思但不会解释。

题目：小明每天都和妈妈上街买菜，每次都拉着妈妈的裙子，但

这次他却迷路了，为什么？

答案：因为那天妈妈穿着迷你裙。

题目：一个人走夜路，最怕听到哪句话？

答案：请问你是什么血型？

题目：老丁身高一米六八，为什么死了之后身高却变成了一米七二？

答案：他被绞绳绞死的。

题目：七个好人和三个坏蛋同搭一艘渡轮，中途船翻了，七个好人沉入水中淹死了，三个坏蛋却很快就浮出了水面，为什么？

答案：因为蛋坏了以后才能浮上来。

题目：如果你在尼斯湖划船时，水怪突然在附近冒了出来，而你却忘了带相机，这时该怎么办？

答案：别担心，别的游客会拍下你最后的镜头。

题目：杨婆婆经常把嘴巴打开作痴呆状，家人劝她闭起来，免得苍蝇飞进去了，为什么她却坚持不肯？

答案：她说："不打开，里边的苍蝇怎么飞出来？"

题目:什么时候太阳会从西边升起?

答案:从镜子里。

题目:仁慈的皇帝却常常灭人九族来惩罚罪犯,为什么?

答案:怕有人伤心。

题目:一个笼子里养了十只鸟,小马开枪打死了三只,请问还剩多少只小鸟?

答案:十只。三只断气倒地的,七只活着的。

题目:有一天小董上完物理课后,突然想效仿牛顿,就坐到苹果树下,这时刚好掉下一个苹果,砸到小董的头,你猜小董怎么说?

答案:这个苹果是熟的。

题目:据说前一阵子"ET"离开地球以后,英文字母只剩下24个,但是最新消息却说是21个,为什么?

答案:因为UFO飞走了。

题目:为什么长颈鹿的脖子那么长?

答案:因为它的头那么高需要长脖子来接起来。

题目：有一个人想要过河但水很急，这里有一架梯子和木头，但梯子还差10米，木头只有5米，请问他要怎样才能过河？

答案：走桥。

题目：小陈是个大家公认的穷光蛋，但是他居然能日掷千金，为什么？

答案：小陈是银行的运钞员。

出其不意的那些急转弯

♥

题目：主演电影最多的是谁？
答案：领衔主演。

♥

题目：一向最爱吃蛋糕的大宝，今天为什么连面前那1/4小块蛋糕都吃不下呢？
答案：因为他刚刚吃完3/4。

♥

题目：妈妈叫小民去拿碟子来装菜，小民拿来了，却被骂了一顿，为什么？
答案：他拿的是光碟。

♥

题目：哪一种狗不怕狂犬病？

答案：二郎神的哮天犬。

♥

题目：唐老鸭最怕什么事？

答案：发现自己是白天鹅。

♥

题目：强尼每天晚上做梦都梦到猫要吃他，他又不是老鼠，为什么？

答案：他白天在迪斯尼扮演米老鼠。

♥

题目：王小明要跳水了！可是为什么围观的群众愈来愈多，却没有人想救他？

答案：该地正在举行跳水比赛，他是参赛选手之一。

♥

题目：月黑风高的晚上，传来一阵又一阵的狗吠声，外面却突然响起"咚咚咚"的敲门声，你猜会是谁呢？

答案：不管是谁，劝你还是别开门为好。

♥

题目：许仙遇见白蛇后，发生了什么事？

答案：不知道，因为他被白蛇吓晕了。

♥

题目：电视对人类最大的贡献是什么？

答案：让世界了解了准时。

♥

题目：在火车站绝不可能发生什么事？

答案：既然不可能发生当然不会发生。

♥

题目：哪一种草的生命力最强？

答案：墙头草。

♥

题目：五加五等于多少？

答案：两只手。

♥

题目：如何保持青春永驻？

答案：用笔写它不要擦去。

♥

题目：一艘正在水中航行的船为什么会突然消失得无影无踪？

答案：因为小宝已经洗完澡把它拿走了。

♥

题目：怎么称呼一只不会叫的狗？

答案:狗。

♥

题目:张先生拿着针到处扎人,为什么没有人责怪他?
答案:他是针灸师。

♥

题目:要如何教一只螃蟹爬山?
答案:让它横着上去就行了。

♥

题目:20世纪最出风头的超级巨星是哪一位?
答案:海尔-波普彗星,千年才出现一次。

脑筋急转弯，一切皆有可能

题目：美丽为何一天到晚吐舌头？
答案：它是狗呀。

题目：不会讲外语的大明和不会讲中文的外国人有说有笑，他是怎么办到的？
答案：他们俩讲哑语呀。

题目：武松到底犯了什么罪，为何被抓？
答案：打死保护动物老虎。

题目：当你对一件事忍无可忍时，你会怎么处理？

答案：赶快上厕所。

题目：如果恐龙没有绝迹，世界将会变成什么样子？
答案：再也没有人稀罕它的存在。

题目：想想看，如果外星人来到地球，他说的第一句话将会是什么？
答案：外星话。

题目：如何利用一块钱赚钱？
答案：打电话向别人要钱。

题目：小美养了一头凶猛的狼犬，为什么它却从不咬胖子？
答案：它只吃瘦肉。

题目：目前国内哪些人拒二手烟最积极？
答案：坚持抽第一手烟的老烟枪。

题目：阿辉从来不念书，为何也能成为全校的模范生？
答案：他是聋哑生。

题目：被人家放了鸽子还很高兴的是谁？

答案：鸽子。

题目：什么叫"缓兵之计"？

答案：改天再告诉你。

题目：既认识自然又能随便改造自然的人是谁？

答案：画家。

题目：蝎子和螃蟹玩猜拳，为什么它们猜了两天，还是分不出胜负呢？

答案：它们只会出剪子。

题目：曼谷市正处于雨季。某天半夜12点钟，下了一场大雨。过72小时，当地会不会出太阳？

答案：72小时以后还是半夜12点，当然不会出太阳。

题目：在著名的中国古典文学《红楼梦》中，多愁善感的林黛玉为什么要葬花。

答案：反正闲着也是闲着。

伟大的汉语让题目更加扑朔迷离

题目：10除以2却不等于5，为什么？
答案：10个人的情报小组除去两名汉奸还有8个人。

题目：一个盒子有几个边？
答案：两个，里边和外边。

题目：小王开着空出租车出门，为什么一路上都没有人向他招手租车？
答案：他走的是高速公路。

题目：阿火的考试题全部答对，为什么却没得满分？

答案：因为考的是判断题。

题目：为什么在有些国家男生年满二十岁就一定要入伍当兵?
答案：因为兵不可以在家当。

题目：当兵的人为什么会把手榴弹叫铁蛋?
答案：碰上了铁定完蛋。

题目：步兵用脚走路，什么兵却随时要跑?
答案：逃兵。

题目：王上尉的老婆跟他说梦到自己变成上校夫人，王上尉很高兴，但是没多久王上尉却独自喝起闷酒来，为什么?
答案：他老婆改嫁给了一位上校。

题目：单兵甲偷用了单兵乙的牙刷，单兵乙有乙型肝炎，为什么单兵甲却没有被传染?
答案：他拿去刷皮鞋了。

题目：生性爱巴结的陈连长在师长儿子生日那天准备了一份特别

的礼物送给师长的儿子，为什么师长的儿子一脚就把礼物给踢开了呢？

答案：礼物是一只足球。

题目：一个胖子和一个瘦子一起跳楼，谁先到达地面？
答案：围观的群众。

题目：龟兔赛跑总是乌龟赢，兔子应该坚持比哪个项目才能赢得了乌龟？
答案：仰卧起坐。

题目：老刘一个人在屋里睡觉，醒来时为什么屁股上竟然出现了深深的牙印？
答案：他压在自己的假牙上了。

题目：师长要在最勇猛的第一班中挑选敢死队员，就下令志愿者向前一步，大兵阿德原地不动，为什么却光荣入选？
答案：其他人都向后退了一步。

题目：小明跳进了河里为什么没死？
答案：河里没水。

题目：怎样用手使一个不能上升的气球到达最高处？

答案：把气放掉，然后把气球使劲往天上扔。

题目：怎样使一只用纸叠的船在水里不会被水浸坏？

答案：在纸上涂一层蜡。

题目：在空房间的地板上放置四个蛋，然后用一个铁质的大滚筒推压整个房间，蛋却一个都没破，这是为什么？

答案：四个蛋放到四个角上。

题目：有一家电影院，正在放映一部喜剧冒险爆笑片，男主角的动作很滑稽，可是电影院内的观众反而愈看愈伤心，这是为什么？

答案：因为扮演这位男主角的演员刚过世。

题目：黄先生在找寻失物方面非常厉害，再小的东西丢失了，他都可以找得出来。但是有一次他丢了一件东西却不能一下子就找出来，为此大伤脑筋。他到底丢了什么东西？

答案：他丢的是隐形眼镜。

好马不吃回头草,只因后面没有草

题目:今天我吃了3只猪、3只牛、5只羊、7条大鱼,可不一会儿肚子又饿了!这可不可能呢?

答案:吃的是动物饼干。

题目:作家最好的写作方式是什么?

答案:从左向右写。

题目:"好马不吃回头草"最合乎逻辑的解释是什么?

答案:后面的草都吃光了。

题目:满满一杯啤酒,怎样才能先喝到杯底的酒?

答案：用吸管。

题目：一家公司的员工们总是看见总经理对女秘书说话时低下了高傲的头，为什么？

答案：因为总经理太高而女秘书又太矮。

题目：有只小松鼠朝西跑，又向右转了90度接着往前跑。这时这只小松鼠的尾巴朝哪里？

答案：朝天。

题目：奶奶要把五颗巧克力糖平均分给两个孙子，但又不愿把余下的糖切开，她该怎么做？

答案：每个孙子两颗糖自己一颗糖。

题目：一般来说，你用左手写字还是用右手写字？

答案：用笔写字。

题目：一只瓶子里装满了水，如果要使水从瓶子中能最快地倒出来，最好采取哪种办法？

答案：将瓶子打碎。

题目：你知道100颗"喔喔奶糖"中哪一颗最甜吗？
答案：第一颗。

题目：避孕药的主要成分是什么？
答案：抗生素。

题目：一只小鸟飞进了迪斯科舞厅，突然掉了下来，请问发生了什么事？
答案：声音太大它用翅膀捂住耳朵所以掉下来了。

题目：放烟火时为什么不会射到星星？
答案：因为星星会闪。

题目：小莫是个出了名的仿冒名牌大王，为什么他却能逍遥法外而又名利双收呢？
答案：他专门在电视上模仿别人的动作和声音。

题目：蟑螂请蜈蚣和壁虎到家中做客，却发现家里没有油了，蜈蚣要去买，却久久未回，究竟发生了什么事？
答案：蜈蚣在门口穿鞋。

题目：一个阴森的夜晚，小刚眼前有一个长发披肩、脸色苍白的女孩，可他用手去摸却摸不着，为什么？

答案：中间隔着透明的玻璃窗。

题目：人行走的时候，左右脚有什么不同？

答案：一前一后。

博君一乐的小题目

♥

题目:伍子胥过昭关,为何在一夜之间头发全变白了?

答案:他忘了带染发剂。

♥

题目:小明到动物园玩,看到一只大黑熊,很高兴地摸摸它,但那只大黑熊一点儿也不生气。为什么?

答案:那只大黑熊是个标本。

♥

题目:航班从北京飞往广州只需两个多小时,目前飞机飞了一个小时,请问飞机现在在什么地方?

答案:在空中。

♥

题目：我们脚下踩的是什么？

答案：鞋袜。

♥

题目：开往宁波的轮船边上挂了一架软梯，离海面15米，海水每小时上涨15厘米，几小时后海水会淹没软梯？

答案：水涨船高，软梯永远不会淹没。

♥

题目：天天在地上捡到一元钱，带到学校交给老师。老师问明情况后又把钱还给了天天，老师为什么这样做？

答案：天天在家里拾到的钱。

♥

题目：佳佳和小猫玩得正高兴，突然她看见小猫越来越小了，为什么？

答案：小猫离佳佳越来越远了。

♥

题目：戴维突发奇想，向他的同桌问道："没有人类及动物居住的地球是什么呢？"

答案：地球仪。

♥

题目：一位赛车手把他仅两岁的儿子也培养成了一名出色的赛车

手,他用的是什么方法?

答案:他儿子开的是玩具车。

题目:早上,玲玲到刘大妈那儿买茶叶蛋,手上的钱正好买两个,刘大妈却不卖给她,这是怎么回事?

答案:茶叶蛋还没有煮好。

题目:有个人生于公元前10年,死于公元10年,死的那天正好是他生日的前一天,此人死时到底活了几年?

答案:19年。

题目:李老板养了一些红金鱼和一些黑金鱼,他发现红金鱼吃掉的鱼食是黑金鱼的两倍,这是什么原因?

答案:因为红金鱼数是黑金鱼数的两倍。

题目:女王说:"原来有个弟弟胆子很小,受不了一点儿惊吓,有天夜里弟弟又做了噩梦,梦见敌国的武士冲入皇宫,将剑刺入他的心脏。弟弟受到惊吓,在梦中就死去了。"你相信她说的话吗?

答案:不相信,因为弟弟在梦中被吓死不可能告诉她梦到了什么。

♥

题目：李大叔在马车上套了一匹马赶路，走了几公里嫌太慢，又套了一匹马。可套上这匹马以后，两匹马却怎么也拉不动这辆马车了，为什么？

答案：李大叔在相反的方向又套了一匹马。

♥

题目：一天慢24小时的表是什么样的表？

答案：停着不走的表。

♥

题目：把三支正在燃烧的蜡烛放在天平上，让天平处于平衡状态，三支蜡烛燃烧的速度都一样，请问：最后天平会向哪一边倾斜？

答案：天平平衡。

♥

题目：小李乘电梯上14楼，中间没有停，用了60秒钟，下楼时中间也没有停，却用了5分钟，这是怎么回事？

答案：上楼乘电梯，下楼走楼梯。

♥

题目：一张扑克牌背面向上放在桌子上，你能不能想出一个好办法，知道扑克牌的花样？

答案：把牌翻开看一下。

一听而过的脑筋急转弯

题目：在什么地方，将军和元帅地位相同？
答案：在中国象棋中。

题目：世界上最牢固的琴是什么琴？
答案：钢琴。

题目：长胡子的山羊是母羊还是公羊？
答案：山羊无论公母都长胡子。

题目：小李到广州出差，晚上他给家里打电话时妻子问他是不是把家里信箱钥匙带走了，他一找，果然是。今天他赶紧把钥匙放在信

封里寄了回去。妻子一听，骂他是笨蛋。你说这是为什么?

答案：因为钥匙被投到信箱里了，还是拿不到。

题目：有一座长10米的木桥，最大载重量是3吨。现有一辆2吨重的卡车，载了一根长30米、重3吨的铁链，要通过这座木桥。如不能将铁链分开，有什么简单可行的方法可使卡车安全通过?

答案：只要让卡车拖着铁链过桥就可安全通过。

题目：小胖生病了，天天要打针。他怕痛，每次打针都说屁股好痛好痛。这一天，爸爸陪他去打针，这次他却说屁股一点儿也不痛。这是为什么呢?

答案：这次没有把针打在屁股上。

题目：有个盲人横穿马路，他身穿黑色衣服，当时既没有路灯也没有月亮，也看不见星星的影踪，但是，司机却一眼就看到了他。请问这是什么原因?

答案：这是白天。

题目：一只饿得精瘦的狼突然发现一个无人看守的羊圈，勉强从很窄的口子挤了进去。刚想饱餐一顿，可是把羊拖出去吧，口子太窄……不过狼最后还是饱餐了一顿，它用的是什么方法?

答案：先将羊咬死再咬成一块块的肉，然后运出去吃掉。

题目：阿贵歪点子特别多。一次，他将一根小棍子放在地上，却使任何人都无法跨过去，阿贵是怎样放的？

答案：将小棍子放到墙根。

题目：饲养员将一串香蕉挂在竹竿上，要求大猩猩不能踩凳子、不砍断竹竿拿到它。聪明的大猩猩想了想很快就拿到了香蕉。它是怎样拿到的？

答案：把竹竿放倒。

题目：有一个屠夫带着一个小孩在街上遇见一位朋友。朋友问屠夫："这是你的儿子吗？"屠夫："是。"他又问小孩："这是你父亲吗？"小孩："不是。"请问这是怎么回事？

答案：屠夫是女的。

题目：一条河的平均深度是1米，一个小孩身高1.4米，他虽然不会游泳，但肯定不会在这条河里淹死。你说对吗？

答案：不对，因为是平均深度，并不能保证有的地方不会深于1.4米。

题目：有一辆装载着集装箱的大卡车要穿过天桥，可是集装箱的

顶部却高出天桥底部2厘米。集装箱又大又重，不便卸下；而绕道走又要耽搁时间。请问：有什么办法能使大卡车顺利通过天桥，又不至于撞坏天桥？

答案：将大卡车轮胎的气稍稍放掉一部分。

题目：牙医最喜欢的商店是什么？
答案：糖果店。

题目：生了病，打针跟吃药，哪一个比较痛苦？
答案：细菌比较痛苦。

题目：一个醉汉晚上在公路中间行走，看到后面来车，他正好处于两车灯之间，车子呼啸而过，人却毫发无损，为什么？
答案：后面来的是两辆摩托车。

题目：你身上的什么东西，你用右手去拿将永远拿不到？
答案：右手。

题目：一只母羊和一只小羊正在吃草，来了一只老狼把母羊给叼走了，小羊也乖乖地跟着走了，请问这是怎么回事？
答案：一只怀了小羊的母羊。

左右眼同时跳有新解了

题目：左眼跳财，右眼跳灾，如果左右眼皮一起跳呢？
答案：破财消灾。

题目：什么食品东、南、西都出产？
答案：瓜。

题目：龙的儿子与狗的儿子有什么差别？
答案：一为龙子一为犬子。

题目：增长智力最有效的办法是什么？
答案：吃一堑长一智。

题目：小毛歌唱得不错，为什么老得不了第一？

答案：别人唱得更好。

题目：谁的脚常年走路不穿鞋。

答案：动物的脚。

题目：世界上最小的邮筒，用一成语形容，是什么？

答案：难以置信。

题目：一又七分之一是什么字？

答案：片。

题目：一口咬掉牛尾巴，是什么字？

答案：告。

题目：为什么是冰山一"角"？

答案：另一角被泰坦尼克号撞断了。

题目：为什么汉子不出门？

答案：出了门就是门外汉了。

题目：什么人靠别人的脑袋生活？
答案：理发师。

题目：女人是本书，那么男人首先想翻的是哪一页？
答案：版权页。

谜一样的脑筋急转弯

题目：什么东西力气再大也扛不起来？

答案：罪名。

题目：把火熄灭最快的方法是什么？

答案："火"字上加一横。

题目：什么线看得见抓不着？

答案：光线。

题目：老太太没牙怎样喝稀粥？

答案：不用牙。

题目：三个鸡蛋，要放在两个盘子里，一只盘子必须放一个，怎么放？
答案：另一只盘子放两个。

题目：大熊猫一生中的最大遗憾是什么？
答案：没有彩色照片。

题目：三心二意的人是什么人？
答案：多心的人，因为那个人有三个心。

题目：一个人，一只船，一只狗，一只兔子，一棵白菜，这个人要把这三样东西运到河对岸，先送哪两个？
答案：先送狗和白菜。

题目：拿破仑踏上新大陆第一步后做的事情是什么？
答案：迈第二步。

题目：请问大家，人能活到什么时候？

答案：当然是活到死的时候。

题目：一个人左右手各拿着一个碗，同时摔下去，一个摔破了，一个没摔破，为什么？

答案：因为一个碗是铁的，一个碗是瓷的。

题目：小芬对小芳说："后天的大前天的后天，也就是昨天的昨天的大后天是我的生日，请来参加我的生日会。"小芳应该什么时候赴约呢？

答案：明天。

题目：一个数去掉首位是13，去掉末位是40，请问这个数是几？

答案：四十三。

题目：一块黑石子与一块白石子同时放入水中，有什么变化？

答案：变湿了。

题目：欧美人就餐头一道菜是汤，你知道汤里经常会有什么吗？

答案：盐。

题目：一个小姑娘在打排球，她发了一个球，可谁都接不着，为什么？

答案：球发出界了。

题目：哪一种人占用地球表面积最小？

答案：芭蕾舞演员。

题目：什么时候一加五等于十？

答案：算盘运算时。

题目：什么东西天上有，人间也有？

答案：太阳。

题目：看不清楚的花是什么花呢？

答案：眼花。

> 一点儿没想到这脑筋就转不过弯来

♥

题目：小刘是个技术很好的电工师傅，可他今天修好的灯却不亮，为什么？

答案：今天停电。

♥

题目：谁最喜欢添油加醋？

答案：厨师。

♥

题目：身子里面空空的却拥有一双手的是什么？

答案：手套。

♥

题目：当医生说你的病没希望时该怎么办？

答案：换一位医生。

♥

题目：两只猫头鹰在聊天，其中一只说它可以在白天出门而不用戴墨镜，为什么？

答案：那是一只瞎眼猫头鹰。

♥

题目：如果说儿童是国家未来的栋梁，那么儿童肚子里的蛔虫是什么？

答案：当然是栋梁的蛀虫了。

♥

题目：你知道世界上什么东西既不怕晒也不怕湿吗？

答案：影子。

♥

题目：下雨天三个人在街上冒雨走，为什么只淋湿了一个人？

答案：一个怀着双胞胎的孕妇。

♥

题目：姑妈送给小花一只小猫，这只小猫没有死，也没有跑掉，小花也没有把它送人，为什么三个月后姑妈来小花家没有看见小猫？

答案：它已经长成大猫了。

♥

题目：酒喝多了伤人，不喝呢？

答案：伤感情。

♥

题目：世界上什么东西最宝贵？

答案：时间。

♥

题目：雨天什么伞不能打？

答案：降落伞。

♥

题目：什么动物既没有祖先又没有子孙？

答案：骡子。

♥

题目：地球没有水时像什么？

答案：核桃。

♥

题目：谁成天乐得合不拢嘴？

答案：弥勒佛。

题目：李红每次赛跑都是倒数第一，这次却是正数第一，为什

么？

答案：只有她一个人跑。

题目：为什么兰兰总喜欢旧东西？
答案：因为她是一个古董收藏家。

题目：债权和债务的最大区别是什么？
答案：一个容易记住，一个不容易记住。

题目：什么飞机常常没有明确的目的地？
答案：纸飞机。

汉语的博大精深

题目：地球上哪一部分绝对照不到太阳？
答案：任何地方都照不到太阳，因为地球不发光。

题目：请解释"擒贼先擒王"。
答案：丢了东西先去找姓王的。

题目：你知道"不可救药"这个成语是如何产生的吗？
答案：当药店发生火灾时只能先救人再救药。

题目：街上那么多的人是从哪儿来的？
答案：各自的家中。

题目:人到世界上看见的第一个人是谁?
答案:接生的人。

题目:喝牛奶时用哪只手搅拌会比较卫生?
答案:用哪只手都不卫生,还是用勺子好。

题目:什么东西从屁股里排出后还可以当食物?
答案:鸡蛋。

题目:为什么热恋的人喜欢在较黑的地方谈恋爱?
答案:因为爱情是盲目的。

题目:为什么有的果树生长十几年也不结一个苹果?
答案:那不是苹果树。

题目:人在什么时候记忆力最好?
答案:当别人欠自己钱的时候。

题目:鸡鹅赛跑,鸡比鹅跑得快,为什么鹅先到终点?

答案：鸡跑反了方向。

题目：小王和小张两家相距50米，两家没有电话，小王想找小张又不想出门，怎么办？
答案：小王可以喊小张。

题目：小平平时嘴闭不住，为什么现在一声不吭？
答案：小平睡着了。

题目：亮亮语文和数学共考了200分，结果静静得了全班第一，为什么？
答案：他们不在同一个班。

题目：小明家很富裕，可他想买玩具时却从不向母亲要一分钱，为什么？
答案：他向爸爸要钱，再说一分钱也买不到什么玩具。

题目：小明睡觉的时候，妈妈最怕什么？
答案：小明尿床。

题目：什么人永远无忧无虑？
答案：死了的人。

题目：你每天做作业时先干什么？
答案：打开本子。

一个人走在太阳下面，可能没有影子吗

题目：一个人在太阳下走路却看不见自己的影子，为什么？
答案：因为他撑了一把伞。

题目：世界上哪儿的大象最小？
答案：书上的。

题目：小明说他可以让地球停止转动或倒转，这可能吗？
答案：可能，是个玩具地球。

题目：如何防止被狗咬？

答案：不要跑在狗的前面。

♥

题目：谁是世界上最有恒心的画家？
答案：爱化妆的女人。

♥

题目：如果有一台电脑能替你干一半活，你将怎么办？
答案：买两台。

♥

题目：上次汤姆过生日是七岁，下次他过生日是九岁，这是怎么回事？
答案：今天是他八岁生日。

♥

题目：今天上午只上半天课，为什么学生不高兴？
答案：下午还有半天课。

♥

题目：你的狗需要执照吗？
答案：不需要，它不会开车。

♥

题目：红蜡烛烧得长还是绿蜡烛烧得长？
答案：都会越烧越短。

♥

题目：你敢在还没干的水泥地上骑车吗？

答案：敢，沾点儿水怕什么。

♥

题目：富兰克林在雷雨中放风筝时说了什么？

答案：什么也没有说，当时他被电麻了。

♥

题目：什么黑家伙是由光造成的？

答案：影子。

♥

题目：什么东西越大越没有用？

答案：破洞。

♥

题目：丁丁拿着块石头向玻璃砸去，玻璃却没碎。为什么？

答案：没砸到。

会不会和聪明没关系，和心眼也没关系

题目：聪明人比一般人多了什么？
答案：心眼。

题目：大富翁快要死了，却担心不成器的儿子坐吃山空，他该怎么办才好？
答案：规定他们以后站着吃。

题目：请你把九匹马平均放到十个马圈里，并让每个马圈里的马的数目都相同，怎么分？
答案：把九匹马放到一个马圈里，然后在这个马圈外再套九个马圈。

题目：为什么有的水要计划发放？

答案：因为是薪水。

题目：相同内容的书，为什么小高要同时买两本？

答案：送人。

题目：为什么流氓坐车不用给钱？

答案：因为那是一辆警车。

题目：今天卖报的老吴卖了100份报纸，但只收入几毛钱，为什么？

答案：他卖的是旧报纸。

题目：狮子和猎豹在草原上进行百米赛跑，如果从同一起点起跑，狮子跑到100米终点时，猎豹只跑到90米，现在让狮子从起点退后10米起跑，那么它们谁先到达终点呢？

答案：狮子。

题目：有一种车没有一个轮子，这是什么车？

答案：是象棋中的车。

题目：1，2，3所能组成的最大数是多少?

答案：3的21次方。

题目：什么时候，时代广场的大钟会响13下？

答案：该修理的时候。

题目：为什么蝙蝠会经常倒挂着?

答案：因为它胃下垂。

题目：一条小船要渡34个人，一次只能有7个人，几次能渡完？

答案：六次，因为每次得回来一个划船的。

题目：爷爷熟读兵书，可是每次下棋都输给别人，请问他用的是什么兵法？

答案：兵来将挡。

> 知道为什么母鸡的腿短吗?
> 真是颠覆啊

题目:为什么母鸡的腿短?

答案:腿长了,生下的蛋会被摔破。

题目:喜剧和悲剧有什么联系?

答案:喜剧没人喜欢看,就成悲剧了。

题目:房间里有十根点着的蜡烛,被风吹灭了九根,第二天还剩几根?

答案:九根。

题目:什么洞最深?

答案：黑洞。

题目：什么女人从来不洗头发？
答案：尼姑。

题目：有一个人到国外去，为什么他周围的人都是中国人？
答案：外国人到中国。

题目：用什么拖地最干净？
答案：用力。

题目：小丽和妈妈买了8个苹果，妈妈让小丽把这些苹果装进5个口袋中，每个口袋里都是双数，你能做到吗？
答案：每条口袋各装2个苹果，最后将所有4条口袋装进第5条口袋里。

题目：一个女孩子在洗澡，一个男孩闯进来，女孩最想遮住哪儿？
答案：男孩的眼睛。

题目：哪种比赛，赢的得不到奖品，输的却有奖品？

答案：划拳喝酒。

题目：化妆品可以使女人的脸变得美丽，可是会使哪些人的脸变得非常难看？

答案：付钱的男人。

题目：你知道最大的捐血中心由谁负责吗？

答案：蚊子。

题目：什么样的房子不能住人？

答案：蜂房。

题目：三个同学下跳棋，共下了45分钟，问每个同学下了多长时间？

答案：45分钟。

题目：一辆车子飞速前进，可这辆车的轮子却一点儿都没有动，这是怎么回事？

答案：这辆车是在开动的车上。

题目：尼克考了500多分，雅克考了600多分，为什么老师认为他们的成绩不相上下？

答案：尼克考了6门，雅克考了7门。

题目：一个女子最讨厌抽烟的人，有一天，她去一个朋友家，参观新房后却连声说："抽烟好，抽烟好！"请问这是为什么？

答案：她指的是抽油烟机好。

题目：有只小蚂蚁在自己家附近玩耍，不久它看见一头大象慢悠悠走了过来，蚂蚁一惊，连忙跑回家去，想了想又伸出一条自己细细的小腿，请问它想做什么？

答案：它想把大象绊倒。

题目：烤肉的时候最怕什么？

答案：肉跟你装熟。

那些无厘头的弯弯绕

♥

题目：既没有生孩子、养孩子也没有认干娘，还没有认领养子养女就先当上了娘，请问：这是什么人？

答案：新娘。

♥

题目：将18平均分成两份，却不得9，还会得几？

答案：10，从中间分。

♥

题目：爸爸买了一支笔，却不能写字，为什么？

答案：是电笔。

♥

题目：爱吃零食的小王体重最重时有50公斤，但最轻时只有3公斤，为什么?

答案：那是他刚出生的时候。

♥

题目：什么东西人们都不喜欢吃?

答案：吃亏。

♥

题目：四年级三班是怎样上珠算课的?

答案：各打各的算盘。

♥

题目：最坚固的锁怕什么?

答案：钥匙。

♥

题目：先有男人还是先有女人?

答案：先有男人，因为男人是先生的，所以叫先生。

♥

题目：黑鸡厉害还是白鸡厉害，为什么?

答案：黑鸡，黑鸡会生白蛋，白鸡不会生黑蛋。

♥

题目：你知道现代的科学家一般都出生在哪儿吗?

答案：医院。

♥

题目：如果有机会让你移民，你一定不会去哪个国家？

答案：天国。

♥

题目：第一次世界大战发生在什么时候？

答案：业当和夏娃打架的时候。

♥

题目：有一个人只有三根头发，为什么在参加宴会时还要拔掉一根？

答案：因为他想中分。

♥

题目：一只瞎了左眼的山羊，在它左边有一块牛肉，在它右边有一块猪肉，请问它吃哪一块？

答案：山羊不吃肉。

♥

题目：什么照片看不出照的是谁？

答案：X光片。

> 什么东西越长越细越难过，越短越粗越好过

题目：如何才能把你的左手完全放在你穿在身上的右裤袋里，而同时把你的右手完全放在你穿在身上的左裤袋里？

答案：反穿裤子。

题目：一个袋子里装着黄豆和绿豆，一个人把豆子倒在地上，很快就把黄豆和绿豆分开了，请问他是怎么分的？

答案：一颗黄豆，一颗绿豆。

题目：下雪天，阿文开了暖气，关上门窗，为什么还感到很冷？

答案：他在门外。

题目：一只小鸟正在飞，猎人对它说了句话，小鸟就掉下来了，你猜猎人说了什么？

答案："呀，你的翅膀掉毛了！"小鸟信以为真，看了一下，就掉下来了。

题目：森林中有十只鸟，开枪打死一只，为什么其他九只不飞走？

答案：因为是鸵鸟。

题目：什么样的井让人害怕？

答案：陷阱。

题目：什么东西满屋走，但碰不着物件？

答案：声音。

题目：小明一家人在客厅里，明明听到有人喊"救命啊，失火了"，为什么他们一家人动也不动？

答案：因为他们在看电视。

题目：三个小朋友各买了一双相同的鞋，为什么他们穿的鞋还是

不一样?

答案:刚买还没穿。

题目:江家有三个女儿,大女儿、二女儿、三女儿。谁的身材最辣?

答案:大女儿,因为姜还是老的辣。

题目:什么东西越长越细越难过,越短越粗越好过?

答案:独木桥。

题目:每天早上是公鸡叫太阳起床还是太阳叫公鸡起床?

答案:都不是,是时间叫它们。

题目:一头牛加一捆草等于什么?

答案:还是一头牛。

题目:你的姨妈有个姐姐,但你不叫她姨妈,她是谁?

答案:妈妈。

题目:第一个登上月球的中国姑娘是谁?

答案：嫦娥。

题目：胆小鬼吃什么可以壮胆？
答案：狗胆，狗胆包天。

题目：什么是治疗"口臭"的最佳方案？
答案：闭嘴。

题目：小星右手的小拇指受伤了，那么他应该用哪只手写字？
答案：右手，因为小拇指受伤不影响写字。

题目：什么东西像大象一样但毫无重量？
答案：大象的影子。

偷什么东西不犯法——这有答案吗

题目：偷什么东西不犯法？
答案：偷笑。

题目：小张的肚子明明已经胀得受不了了，为什么他还要不停地猛喝水？
答案：他掉到河里去了。

题目：什么东西晚上才生出尾巴呢？
答案：流星。

题目：小明上街去，买了一堆香蕉，一堆苹果，一堆梨，一堆荔

枝,他买了几堆东西?

答案:他买了一堆,因为所有的都堆在了一块儿。

题目:上课的时候,同学们都坐着上课,但是小李上每一节课都站着。为什么?

答案:小李是老师。

题目:什么样的书最香?

答案:菜谱。

题目:细菌靠生物而活,那么什么靠细菌活?

答案:医生。

题目:医生问病人:"感冒吗?"病人摇摇头。"肚子疼?"病人摇头。"神经病?"病人摇头。究竟他是来看什么病的?

答案:是来看不停摇头的毛病的。

题目:渔夫最怕什么?

答案:没人吃鱼。

题目：什么东西越有越可怜?
答案：穷。

题目：什么东西越吃越感到饿?
答案：消化药。

题目：什么鬼整天腾云驾雾?
答案：烟鬼。

题目：世界上最长的单词是什么?
答案：smiles，因为两个字母s隔了一英里（mile）。

题目：一个人没有前辈，为什么他有后辈?
答案：人当然有后背。

题目：什么地方有时候有水，有时候没水?
答案：水龙头里。

为什么杀人要被判刑，杀蟑螂却不用

题目：李伯伯一共有七个儿子，这七个儿子又各有一个妹妹，那么，李伯伯一共有几个子女？

答案：八个子女，妹妹最小。

题目：癞蛤蟆怎样才能吃到天鹅肉？

答案：天鹅死了。

题目：在情人的脸上发表的处女作是什么？

答案：初吻。

题目：怎样才能使人有心跳的感觉？

答案：活着。

题目：什么样的人见到阳光就会躲得无影无踪？
答案：雪人。

题目：为什么杀人要被判刑，杀蟑螂却不用？
答案：因为蟑螂没有辩护律师。

题目：旅行时，遇到岔路，一条通往诚实国，一条通往谎话国，路口有位不知来自何国的路人，你要如何问路，才能确定两国的方向？
答案：你只需问路人："你家往哪里走？" 如果是诚实国的公民，会指诚实国方向；如果是谎话国公民，也会指诚实国的方向。

题目：月黑风高的晚上，小李遇见鬼，为什么鬼反而吓得落荒而逃？
答案：因为小李遇到的是一个胆小鬼。

题目：什么人没当爸爸就先当公公？
答案：太监。

题目：小施拥有乔丹第一代到第十二代的篮球鞋，请问他最喜欢哪一双？

答案：下一双。

题目：汤姆写信时，将收信人和寄信人的地址写反了，结果信寄回自己家中，不过他没有花钱又把信寄给了收信人，为什么？

答案：他写上查无此人，然后放到邮箱里。

题目：如何让一块钱浮在水面上？

答案：用纸钞就行了。

题目：有一个人舔冰棒，为什么越舔冰棒越大？

答案：因为他在南极舔。

题目：有一个富豪想知道他的什么东西最值钱。你知道吗？

答案：他的脑袋。

题目：阿丁做起事来总是拖泥带水，为什么却从没被长官惩罚过？

答案：阿丁是盖碉堡的士兵。

题目：大兵阿雄的祖母坐了一天的车去军营探望他，为什么长官一见到她却气得差点晕倒？

答案：大兵昨天请了三天丧假说他祖母过世了。

题目：烟鬼甲每天抽50支烟，烟鬼乙每天抽10支烟。5年后，烟鬼乙抽的烟比烟鬼甲抽的还多，为什么？

答案：烟鬼甲抽得太多了早死了。

题目：小红帽从大灰狼面前走过，大灰狼为何没有发现她？

答案：小红帽今天没有戴帽子。

题目：如果苹果没落在牛顿头上，会落到哪里？

答案：地上。

题目：八点钟和九点钟有什么不一样？

答案：差一点。

别忘了我们是脑筋急转弯

♥

题目：阎罗王嫁女儿，猜三个字？

答案：鬼才要。

♥

题目：用哪三个字可以回答一切疑问？

答案：不知道。

♥

题目：一个人被一个从三千尺高落下的东西砸到，为什么没有受伤？

答案：是雨。

♥

题目：有一天，一个植物专家，一个原子弹专家，一个动物专家在一个热气球上。此时，热气球正在直线下降，必须扔掉一个科学家，请问扔哪一个？

答案：扔最重的那一个。

♥

题目：如果你的妈妈、孩子和同学同时落水了，你会先救哪一个？

答案：离你最近的。

♥

题目：有一个奇怪的问题，不论问任何人，所得的答案一定是"没有"，这个问题是什么？

答案：你睡着了吗？

♥

题目：什么东西越热越爱出来？
答案：汗。

♥

题目：一个盛满咖啡的杯子，里面放一枚硬币却没有湿，为什么？

答案：干咖啡。

♥

题目：一个不识字的人捂住识字人的耳朵，让他读自己老婆的来信。他为什么要这样做？

答案：怕识字的人听到老婆说什么。

♥

题目：老师要学生写关于牛奶的文章，要求写200字，为什么沙米尔只写了20个字？

答案：沙米尔写的是浓缩牛奶。

♥

题目：商店标明一支双响枪射程160米，为什么实际射程只有80米呢？

答案：双响加起来算岂不正好是160米。

♥

题目：小花站起来同饭桌一样高，两年之后，反而在桌子下活动自如，为什么？

答案：小花是一条狗。

♥

题目：一名通缉犯跑到美容院，一个美容师给他整了容，但整容后一出门就被警察抓住了。这是为什么？

答案：他变成了另一个通缉犯。

♥

题目：两个人背对背站着，怎么踢到对方膝盖？

答案：走到第一个人前面踢。

♥

题目：娇娇的爸爸在一次难度很大的考试中非常从容，为什么？

答案：他是监考老师。

♥

题目：爸爸答应汉森，只要考试及格，就奖励他10元钱，可为什么汉森还是不及格？

答案：为了给爸爸省钱。

包公的脸为什么是黑的?
——回答的那叫一个绝

题目：包公的脸为什么是黑的?
答案：因为包公额头上有个月亮，月亮都是晚上出来。

题目：远在外地工作的游子寄了封信回家慰问，里面还夹了张照片，但为什么他家人收到信后却迟迟不肯打开看呢?
答案：粗心的游子把"勿折"写成了"勿拆"。

题目：病在什么地方最没痛苦?
答案：别人身上。

题目：什么样的老鼠跑得最快？

答案：看见猫的老鼠。

题目：什么字大家看了都说没用？

答案：没用。

题目：为什么养长颈鹿最不花钱？

答案：因为它们的脖子长，一点点食物都要走很长的路才能到肚子里。

题目：沙漠中最常见的东西是什么？

答案：沙子。

题目：永远也写不好的字是什么字？

答案："坏"字。

题目：什么树永远不会枯死？

答案：画上的树。

题目：什么河里从来都没有水？

答案：棋盘上的楚河。

题目：吃饭的时候最扫兴的是什么？

答案：没做饭。

题目：从天上正飞着的飞机里跳出来，最怕遇见什么？

答案：忘带降落伞。

题目：老王很有钱，可别人说他是个奴隶，为什么？

答案：老王是个守财奴。

题目：世界上哪个地方下午比早上先到？

答案：字典里。

题目：什么酒喝不了？

答案：天长地久。

题目：王芬和李丽是最要好的同学，她们约好去医院探望老师。王芬买了5束花，李丽买了4束花，进病房后她俩将花合在一起送给了

老师。她们的老师一共收到了几束花?

答案:一束花。

题目:小戴是位科学家,他历尽千辛万苦终于来到一个地方,他面北而立,向左转了90度,却还是向北,再转90度依然面北,又转90度还是面北,你知道这是什么原因吗?

答案:小戴在北极点。

题目:黄河上有两座桥,一高一低,这两座桥都被接连而来的三次洪水淹没了。高桥被淹了三次,低桥却只被淹了一次,这是为什么?

答案:水退后高桥露出来而低桥一直淹着。

糖罐子里为什么会爬蚂蚁？看看你猜对了吗

题目：王爷爷有三个孙子。一天，他买了两个小西瓜，一路在想怎样平均分西瓜，但却想不出个好办法来。在门口，邻居李奶奶只说了三个字，王爷爷就愁眉舒展了。李奶奶告诉他的是什么办法？

答案：榨成汁。

题目：一只蚊子顺时针绕着一个新买的而且是没有任何质量问题的高效捕蚊灯打转，但一直不会被吸进去，为什么呢？

答案：因为捕蚊灯没有通电。

题目：房屋、宫殿、岩洞、大厦、牛棚，哪个词与众不同？

答案：岩洞，其他都是人工的。

题目：谁总是脱掉干衣换上湿衣?

答案：晒衣架。

题目：什么东西只有一只脚却能跑遍屋子里的所有角落?

答案：扫帚。

题目：张三问李四五次同一个问题，李四回答了五个不同的答案，而且每次都是对的，那么张三问的是什么呢?

答案：张三问的是时间。

题目：3，3，8，8四个数，只用加减乘除，如何算出24?

答案：8/(3-8/3)=24

题目：大伟在电影最精彩的时候却去上厕所，为什么?

答案：因为他没有去看电影呀。

题目：糖罐子里为什么会爬蚂蚁?

答案：没有盖好。

题目：男人最喜欢美女眼里的什么水？

答案：秋波。

题目：一家面店以"一个人吃七碗不用钱"招揽顾客，为什么春娇吃了七碗还是要付钱？

答案：因为她怀孕了，加上肚子里的孩子一共是两个人。

题目：古今中外的伟人的共同点是什么？

答案：都是妈妈生的。

题目：喝醉酒的人常辩称自己没醉，你知道这是什么原因吗？

答案：因为他们喝醉了。

题目：从军十八年的花木兰换上女装后，为什么令昔日的战友大感惊讶？

答案：因为他们认为花木兰还是比较适合男装。

题目：为什么父亲一发现皮夹里的钱少了一半后，便一口咬定是儿子干的？

答案：因为老婆不会只拿走一半。

题目:在不能用手的情况下,怎样才能把桌上的一碗面吃完?
答案:用筷子。

题目:明星出入公共场所,最怕遇到什么事?
答案:没人找他签名。

那些有意思的题目

题目：谁知道天上有多少颗星星？

答案：天知道。

题目：台北车站前面是忠孝西路，请问左右两边是什么路？

答案：柏油马路。

题目：小明的爷爷年轻时是短跑健将，今年七十岁了，他要到什么时候才能打破男子短跑一百米的世界纪录？

答案：做梦的时候。

题目：黄皮肤的人是黄种人，绿皮肤的人属于哪一种？

答案：新品种。

题目：早餐时，大妹吵着要吃蒸蛋，小妹则说要吃煎蛋，妈妈出来打圆场，说了一句话，却让大妹直说妈妈偏心，请问妈妈说了什么？

答案：不要"争"了。

题目：拿手杖的瞎子阿明，走到一处未加盖的下水道口前，为什么没有失足掉进洞里？

答案：因为忘了带手杖，想起来后回家去取了。

题目：两个身高、体重相当的小朋友在玩跷跷板，你猜结果会如何？

答案：当然会玩得很开心啦。

题目：泰山拉着树藤在丛林间穿梭时，为什么要扯着喉咙大叫？

答案：他怕有猴子迎面扑过来。

题目：一毛钱可以买几头牛？
答案：九头牛（九牛一毛）。

题目：请将（5＋5＋5＝550）加上一笔，使得等式成立。（不可以改成不等式）

答案：将其中一个加号加上一撇即可。（545+5=550）

题目：什么花很快就不见了？

答案：火花。

题目：什么东西装玻璃，爱把鼻子当马骑？

答案：眼镜。

题目：什么东西放在火中不会燃烧，放在水中不会沉？

答案：冰块。

题目：金钟奖、金马奖、金像奖哪个对国家贡献大？

答案：金钟奖（精忠报国）。

题目：什么东西可以洗，不能晒，可以吃，不能吞？

答案：麻将。

题目：做什么事会身不由己？

答案：做梦。

题目：何谓"数大就是美"？

答案：支票上的数大就是美。

题目：只能放在下面用，如果盖在上面就没有用了，请问这是什么？

答案：垫板。

题目：早上八点整，北上、南下两列火车都准时通过同一条单线铁轨，为什么没有相撞呢？

答案：因为日期不一样。

题目：小明吃麻辣面，加了胡椒又加辣椒，你猜他还会加什么东西？

答案：鼻涕和眼泪。

什么数字最听话呢

♥

题目：遗照与玉照有什么不同？

答案：遗照是最后一张玉照。

♥

题目：什么数字最听话呢？

答案：100（百依百顺）。

♥

题目：山珍海味贵还是稀饭贵？为什么？

答案：稀饭贵，物以稀为贵。

♥

题目：小方读了十三年书，为什么还在一年级？

答案：大学一年级。

♥

题目：眼睛看不见，口却能分辨，这是什么？
答案：味道。

♥

题目：几个孩子在分一些糖果，分来分去不平均。如果每个人得3颗，还剩7颗；如果每个人得5颗，又少了3颗。请问一共有几个孩子？几颗糖？
答案：5个孩子，22颗糖。

♥

题目：儿子很有音乐天分，父亲买了一把吉他送给他。儿子天天抱着吉他边弹边唱，可是父亲却很不高兴，不久便把吉他收回来了，另外送给儿子一个口琴。这是为什么？
答案：儿子虽然有音乐天分，但唱歌的声音太难听了。

♥

题目：几个学生排队上校车。4个学生的前面有4个学生，4个学生的后面有4个学生，4个学生的中间也有4个学生。请问一共有几个学生？
答案：8个。

题目：布跟纸怕什么？

答案：布怕一万，纸怕万一。（不怕一万，只怕万一）

♥
题目：用什么行动祝贺别人向死亡迈进一步，又不会使他生气？
答案：拜年、祝寿。

♥
题目：六条命葬送在小张的手上，为什么小张没被判死刑？
答案：他打死的是蚊子。

♥
题目：小偷的特征是什么？
答案：出手不凡。

♥
题目：穷人和富人在什么地方没有分别？
答案：浴室。

♥
题目：小杰在教室外捡到一只皮夹，为什么不交到老师那里？
答案：是自己的皮夹。

♥
题目：有什么方法可以证明时光飞逝？
答案：把表抛出去。

♥

题目：小张100米跑10秒，小李跑11秒，为什么最后得到金牌的是小李？

答案：小张没比赛。

♥

题目：某人买了一辆车，两年后却以更高的价钱卖出去了，为什么？

答案：买的是古董车。

♥

题目：阿昌认识了一个女孩子，对她一见钟情，得知她没有男朋友，为什么阿昌还是闷闷不乐？

答案：女孩结婚了。

让人抓狂的急转弯

题目：病人说："医生，你把剪刀忘在我肚子里了。"医生的反应是……

答案：没关系，我还有。

题目：晴朗的天空中，为什么没有太阳？

答案：晚上当然没有太阳。

题目：小明每天写给他的女朋友七封信，但他的女朋友珍妮，每天却只收到一封信，为什么？

答案：他有七个女朋友。

题目：一个自讨苦吃的地方在哪里？

答案：药店。

题目：在什么时候更确定自己是中国人？

答案：外语考试的时候。

题目：老张是一位出色的小说家，为什么有一次他连续写了一个月，连一篇小说的题目都没写出来？

答案：写的是散文。

题目：小赵买彩票中了一等奖，去领奖却不给，为什么？

答案：没有到领奖的日期。

题目：足球比赛中场休息的时候，爸爸问儿子："放在右脚旁边而左脚碰不到的是什么东西？"儿子灵机一动就答对了，你知道吗？

答案：是左脚。

题目：一家珠宝店的老板雇了一位保镖负责押送一箱珠宝，不幸中途遭人打劫。在整个被劫的过程中，保镖始终死守着珠宝，尽管保镖没有监守自盗，可珠宝店老板还是损失了这箱珠宝，为什么？

答案：保镖与宝箱一起被劫走。

题目：老鹰的绝症是什么？
答案：恐高症。

题目：岁数越来越大，身体越来越小，面貌日新月异，家家不可缺少，是什么东西？
答案：日历。

题目：自古以来男人都称女人是祸水，但为什么男人还是要娶女人呢？
答案：因祸得福。

题目：桥下限高十米，但是船上的货物已超过十米，该怎么办呢？
答案：拿几块大石头放到船上船就会下沉一些。

兔子的眼睛为什么是红的

🔵 题目：有两个容貌非常相似的男孩，经询问，知道他们是同一对父母所生，出生地点和年份也相同，但他们却不是双胞胎，也不是三胞胎、四胞胎、五胞胎……请问，这两个小男孩究竟是什么关系？

答案：他们是兄弟，一个是年初生的，一个是年末生的。

🔵 题目："好马不吃回头草"最合乎逻辑的解释是什么？

答案：拐着脖子吃哪有直着脖子吃舒服。

🔵 题目：兔子的眼睛为什么是红的？

答案：它跑步输给了乌龟哭红的。

题目：空袭时为什么要躲到地下室?

答案：以后考古方便。

题目：最简单的长寿之道是什么?

答案：保持呼吸顺畅。

题目：小明的爸爸是警察，他眼看着儿子偷了一样东西，却没有管教，这是怎么回事?

答案：儿子在偷笑。

题目：泰山是人猿养大的，那么蝙蝠侠又是谁养大的?

答案：当然是由他的爸爸妈妈养大的。

题目：为什么女人的衣服总是少一件?

答案：因为她穿在身上。

题目：陈先生走在路上，眼前有一张百元大钞，他明明看见了，为什么不去捡?

答案：那张百元大钞票在别人手里。

题目：八岁的小萱萱在百货公司和妈妈走散了，你猜她到服务台说了些什么话，竟引起大家哈哈大笑？

答案：我妈妈迷路了，赶快帮我找回来。

题目：百货公司里，有个秃头的推销员，正在推销生发水，你知道他为什么自己不用生发水吗？

答案：他想让大家知道秃头有多么难看。

题目：气球的里面有空气，那么救生圈里面有什么呢？

答案：不会游泳的人。

题目：切一半的苹果，跟什么很像呢？

答案：和它的另一半相像。

题目：超市里面最值钱的东西是什么？

答案：收银机。

题目：小明上班时间吃了红豆汤圆，经理看见后生气地说："太闲了，是不是？"小明回答了一句什么话把经理气得差点晕倒？

答案：不，是甜的。

无厘头的脑筋急转弯

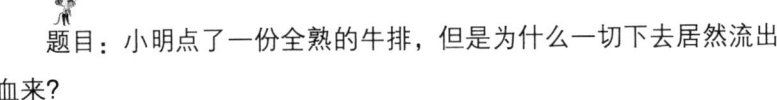

题目：人最怕屁股上有什么东西？

答案：一屁股债。

题目：小明点了一份全熟的牛排，但是为什么一切下去居然流出血来？

答案：因为不小心切到手了。

题目：一朵盛开在家里的花，却被关在笼子里。请问这是什么？

答案：电风扇。

题目：电脑与人脑有什么不同？

答案：电脑可以搬家，而人脑不行。

题目：糖与醋有什么不同?

答案：你可以请别人吃糖,但不可以请别人吃醋。

题目：什么雨猛到可以淋死人?

答案：枪林弹雨。

题目：你曾借了什么东西至今都没还过?

答案：借过。

题目：什么纸买不起?

答案：圣旨(纸)。

题目：什么车可以不受交通规则限制横冲直撞?

答案：碰碰车。

题目：小宝在外面吃饭为什么不用付钱或刷卡?

答案：别人请客。

题目：什么光没有亮度?

答案：时光。

题目：小孩子睡觉前为什么要妈妈讲故事？
答案：催眠。

题目：小张进入屋内为什么不随手关门？
答案：那是自动门。

题目：什么东西打碎后自然会和好？
答案：水面。

题目：在连续剧《西游记》中，谁最厉害又聪明？
答案：编剧。

题目：炎热的夏天，有谁会裹着皮袄？
答案：模特儿。

题目：下雨都怕淋，可是有的雨大家都喜欢淋，为什么？
答案：淋浴。

> 为什么大家都喜欢坐着看电影?

题目：有什么人睡着了是最难叫醒的?
答案：假装睡着的人。

题目：蝌蚪没有尾巴，成了青蛙。如果猴子没有尾巴，是什么?
答案：仍是猴子。

题目：谁的脑子记住的东西最多?
答案：电脑。

题目：一个口齿伶俐的人，为什么只看着你微笑却怎么也讲不出话来?

答案：他在照片上。

♥

题目：上海的南京路，来往最多的是什么人？
答案：中国人。

♥

题目：什么人是不用电的？
答案：缅甸人。

♥

题目：劳资争议时，雇主应该穿什么？
答案：防弹背心。

♥

题目：两个女人与一千只鸭子所说的话有何相似性呢？
答案：无稽（鸡）之谈。

♥

题目：为什么大家都喜欢坐着看电影？
答案：因为站着看脚会酸。

♥

题目：用什么方法可以使人不喝水？
答案：把水改名字。

♥

题目：一斤白菜5角钱，一斤萝卜6角钱，那一斤排骨多少钱？
答案：一两等于十钱，一斤一百钱。

♥

题目：人死后为什么变得冰凉？
答案：心静自然凉。

♥

题目：十万个为什么问什么？
答案：想问什么就问什么。

♥

题目：为什么芳芳吃牛肉面，却不见任何牛肉？
答案：她吃的是牛肉泡面。

陷阱多多的脑筋急转弯

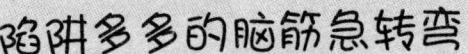

题目：小王在市区租了一间房，租约上注明若不慎引发火灾，烧毁了房子，必须赔偿300万元。小王不但不反对，甚至还主动多填了一个零，为什么？

答案：反正都赔不起。

题目：你在一年半的时间都不会说话，这段时间你在干什么？

答案：刚出生，在哭。

题目：老古家被盗，损失惨重，但当警方通知破案时，老古却送慰问品去看那名窃贼，为什么？

答案：他想请教如何在半夜回家而不把老婆吵醒的秘诀。

题目：一朵插在牛粪上的鲜花是什么花?

答案：牵牛花。

题目：小秦买了一辆全新的跑车，却不能开上马路，这是为什么?

答案：他买的是玩具跑车。

题目：一个伟大的人和一只伟大的狮子同一天诞生，他们有什么关系?

答案：没关系。

题目：醉鬼是什么人?

答案：宣布自己没醉的人。

题目：永远都没有终结的事是什么?

答案：问题。

题目：一个手无寸铁的人钻进了狮子笼里，为什么平安无事?

答案：狮子笼是空的。

题目：装模作样的人成功的途径是什么？

答案：滥竽充数。

题目：如果核战爆发，你认为哪两个地方会人满为患？

答案：地狱和天堂。

为什么白鹭总是缩着一只脚睡觉

题目：为什么白鹭总是缩着一只脚睡觉？
答案：缩两只脚不就摔倒了？

题目：有两人一人向西、一人向东背对背站着，他们要走多远（直走）才能见面？
答案：每人退后一步。

题目：什么是"以牙还牙"？
答案：镶牙。

题目：什么戏人人都演过？

答案：游戏。

●
题目：哪家人最多？
答案：国家。

●
题目：三个人一起下田，但其中一个人却老站在那里不动手，为什么？
答案：那是个稻草人。

●
题目：对一个打算把头发留到腰部的人来说，最重要的一件事是什么？
答案：晚上不要穿着白衣服出门。

●
题目：车子应该靠右行驶才对，为什么杨先生靠左行驶却没事？
答案：因为他正行驶在一个规定车子靠左行驶的国家。

●
题目：安妮的医师男友到外地出差一年，每两天会写一封情书给安妮。两个月之后，安妮却一封都没收到，请问这是为什么？
答案：虽然他写了，但他太懒了，一封都没有寄出。

题目：促膝而谈，猜一个物理理论？

答案：相对论。

题目：开什么车最省油？

答案：开夜车。

题目：一个人被老虎穷追不舍，突然前面有一条大河，他不会游泳，但他却过去了，为什么？

答案：他是昏过去了。

题目：谁经常买鞋自己不穿却给别人穿？

答案：卖鞋的人。

题目：老张二十多年一直卖假货，为什么大家却认为他是大好人？

答案：老张卖的是假发。

题目：足球赛还没开始，为什么大家都知道比分？

答案：大家都知道是0:0。

题目：杀入围城前发出的最后一排子弹是什么？
答案：喜糖。

题目：怎样才能日行四万公里？
答案：站在赤道上不动。

题目：为什么熊冬眠时会睡那么久？
答案：没有人敢叫它起床。

题目：哪一种死法是一般死囚所欢迎的？
答案：老死。

题目：鹏鹏经过某市时，正巧那里发生了大地震，为什么他却安然无恙呢？
答案：他坐飞机路过。

题目：谁最喜欢咬文嚼字？
答案：蛀书虫。